L'APACHE
AUX YEUX BLEUS

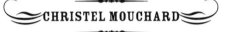

L'APACHE
AUX YEUX BLEUS

Flammarion

Du même auteur chez Flammarion :

Princesse africaine
   Tome 1 : *Sur la route de Zimbabwé*
   Tome 2 : *La Prisonnière de Zanzibar*
Le Secret de la dame de Jade
Devî, bandit aux yeux de fille
Une fille dans la forêt

© Flammarion, 2015
87,quai Panhard-et-Levassor – 75647 Paris Cedex 13
ISBN : 978-2-0812-8663-4

Pour Timothée

1.
L'ENLÈVEMENT

1

L'histoire commence au Texas,
près du village de Squaw Creek,
comté de Mason, au mois de mai 1870.

« Je ne dois pas embêter mon petit frère. Je ne dois pas embêter mon petit frère. Je ne dois pas embêter mon petit frère... »

Penché sur son cahier, Herman écrivait la cinquantième ligne, et il lui restait la moitié à faire. Il se demandait pourquoi. De toute façon, ce n'était pas une punition qui l'empêcherait d'embêter son petit frère : tout le monde le savait.

Mina se glissa à côté de lui, sur le banc.

— Herman..., commença-t-elle en levant le nez.

L'interpellé grogna. Il aimait bien sa grande sœur, sauf quand elle jouait au professeur. Mina poursuivit :

— Tu sais, il suffirait que tu demandes pardon pour que ta punition soit levée.

Nouveau grognement. Imperturbable, Mina insista :

— Il suffirait d'un petit geste, d'une petite larme...

Herman lui lança un coup d'œil indigné. « Une petite larme » ? Pour qui le prenait-elle ? Jamais il ne pleurait et il n'allait pas commencer à cause de cent lignes à gratter sur un cahier ! Il reprit son porte-plume et continua sans un mot :

« Je ne dois pas embêter mon petit frère... »

Soixante-huitième ligne, soixante-neuvième ligne...

— Les enfants ! Le champ est plein de corbeaux !

Herman laissa en suspens sa soixante-dixième ligne et regarda par la fenêtre. En effet, devant la ferme, on voyait des taches noires au milieu des pousses vertes du blé en herbe. Le garçon tourna la tête vers sa mère. Il était bien obligé d'abandonner sa punition, non ? Elle ne laisserait pas sortir les autres enfants sans lui, elle n'aurait pas le cœur assez dur.

Mme Lehman soupira.

— C'est bon, vas-y !

Herman se leva dans un grand bruit de banc repoussé.

— Mais reviens vite, reprit Mme Lehman. Le repas est prêt, on passe à table dès que vous rentrez.

Passer à table ? Deuxième chance ! Il n'était pas près de finir sa punition... Herman ferma les yeux pour respirer le parfum qui venait de la cuisinière à bois.

— C'est un gâteau aux noix de pécan ?

— Tu verras bien. Allez, qu'est-ce que vous attendez ?

Oubliés, le gâteau et les lignes. Herman cria, les mains en porte-voix :

— Willie, Mina. À l'attaque !

— Rentrez vite, entendu ? Je ne veux pas que vous restiez trop longtemps dehors, en ce moment.

Suivi par ses troupes, Herman se rua hors de la maison jusqu'au champ, et Mme Lehman se posta à la fenêtre pour les surveiller. C'était une mission qui ressemblait à un jeu, mais elle était vitale : si les corbeaux mangeaient le blé, la famille n'aurait pas de pain l'hiver suivant.

Arrivés en lisière du champ, Herman, Willie et Mina se mirent à hurler en agitant les bras. Un froissement d'ailes leur répondit aussitôt et les pillards s'envolèrent dans un tintamarre de croas-sements.

— Vite fait bien fait ! s'exclama Herman, satisfait.

— Pas sûr ! fit remarquer Mina. Regarde.

Elle tendit le doigt vers l'épouvantail qui se dressait au milieu du champ, sur le chapeau de paille troué, considérant les petits Lehman d'un air moqueur. « Moi aussi, j'ai mon dessert ! » semblait-il ricaner.

Les trois enfants reprirent leurs rugissements de plus belle, en vain. L'intrus était insensible à la peur.

— Une vraie tête de pioche ! grogna Herman.

— Comme toi, s'amusa Mina.

Herman ne daigna pas répondre.

La voix de Mme Lehman retentit derrière eux.

— Herman, Willie, Mina !

Ils se retournèrent sans pour autant bouger. Ils n'étaient pas pressés de rentrer.

— Il en reste un ! lança Herman pour gagner du temps. Je vais m'occuper de lui et je reviens !

Debout sur le porche de la ferme, Mme Lehman reprit :

— Laisse-le, tant pis ! Il ne faut pas s'éloigner, tu le sais. Les Apaches sont dans le coin.

— Qu'est-ce que c'est, des zapaches ? demanda le petit Willie.

Herman ne résista pas à la tentation. Il roula des yeux en montrant les dents.

— Des monstres qui crabouillent les mioches de huit ans pour sucer leurs zosses.

Le petit garçon écarquilla des yeux terrifiés et se mit à courir vers la maison.

— Tu ne te souviens pas de ta punition ? tonna Mina. En plus, ce n'est même pas drôle, ça marche toujours.

Herman haussa les épaules.

— Tout le monde sait ce que c'est, un Apache, grogna-t-il. Il est sourd ou quoi ? Au village, hier, tout le monde en parlait : « Les Apaches sont dans le coin », « Les Apaches sont dans le coin »...

— Et toi, tu sais ce que c'est, un Apache ?

Herman resta muet un instant. Un Apache, c'était un Indien, un sauvage, un démon sanguinaire... mais à quoi ça ressemblait ? Il se mit en posture de lutte.

— En tout cas, si j'en vois un, je le reconnaîtrai, et alors...

— Et alors ? ironisa sa sœur.

— Et alors, et alors...

— Croa !

Mina éclata de rire. Le grand corbeau claquait du bec en clignant de l'œil.

— Regarde, il se moque de toi. Tu n'en sais pas plus que Willie !

— Croa !

Herman sentit la colère bouillir dans ses veines.

— Rentre à la maison, dit-il à Mina, moi, j'y vais.

— Tu ne devrais pas, Herman, tu vas encore être puni !

Mais son frère ne l'écoutait pas. Il marchait d'un pas ferme en direction du volatile insolent.

— Tu vas voir, toi, lui lança-t-il. Je vais te cra-bouiller comme un zapache !

Herman avait beau ne penser qu'à l'horrible corbeau, il entendit tout de même le cheval qui galopait, derrière lui. Qui cela pouvait bien être ? Toute la famille se trouvait dans la maison. Et si c'était un voisin, pourquoi arrivait-il au galop ?

Le garçon s'arrêta, se retourna. Un cheval arri-vait en effet, droit sur lui. Et même plusieurs. Mais aucun n'était monté par un voisin. Sur ces chevaux, il y avait des hommes comme il n'en avait jamais vu. Ils avaient le visage peint d'une bande blanche, les cheveux longs flottant sur les épaules, les cuisses nues et les mollets enveloppés de cuir.

Herman ne se demanda pas longtemps qui ils étaient. « Si j'en vois un, avait-il dit à Mina, je le reconnaîtrai, et alors... »

Il les voyait, les Apaches ! et alors... alors, il se mit à courir éperdument dans la direction opposée.

Vite, la ferme ! Loin devant lui, il apercevait Willie sur le porche de bois et Mina au pied des marches. Il fallait les rejoindre, à tout prix. Mais il n'avait que onze ans, et il entendait les chevaux se rapprocher. Il avait la poitrine qui brûlait et le cœur qui battait.

Sa mère sortit de la maison armée d'un fusil. Elle cria :

— Cours ! Plus vite ! Cours !

Trop tard. Le garçon sentit le poids d'un homme sur lui. Plaqué au sol, il eut le souffle coupé, mais il essaya encore de se débattre : il tirait les cheveux longs de son agresseur, griffait ses joues tout en agitant les jambes si vite que l'autre n'arrivait pas à le contenir. Sa mère cria encore, la voix tremblante :

— Dégage-toi, Herman, je ne peux pas viser !

Facile à dire ! Il avait presque réussi, pourtant, quand un autre homme arriva, qui l'attrapa par les pieds et d'un seul geste le balança sur plusieurs mètres comme une vulgaire poupée. Un coup de feu résonna, sans effet. Les deux Apaches étaient toujours là. À demi assommé, le garçon sentit qu'on le soulevait de terre par la taille. Un instant plus tard, il était couché en travers d'un cheval au galop.

— Tiens bon, Herman ! cria sa mère, je vais chercher les voisins ! Tiens bon !

Mais Herman ne tenait plus bon du tout. Il allait s'évanouir. Il regarda une dernière fois la ferme et entrevit Mina sur les marches du porche, ses yeux bleus agrandis de terreur.

Puis tout vacilla, bascula, et un voile noir s'abattit devant lui.

2

Quand il reprit conscience, Herman était à moitié allongé sur l'encolure du cheval. Il se redressa péniblement. Un homme qui sentait mauvais, le tenait contre lui. Dès que le garçon essayait de bouger, le bras de l'inconnu se serrait autour de lui comme un étau. Fallait-il crier, supplier, se débattre ? « Non, pensa-t-il en se forçant à avaler sa salive, de toute façon, ça ne servira à rien. » Il respira un grand coup et tenta de se pencher en avant pour avoir un peu moins mal aux fesses sur cette selle sans rembourrage.

Ils chevauchèrent longtemps. Des heures et des heures. Herman avait le nez brûlé de soleil, l'intérieur des cuisses écorché, et il mourait de faim.

Pourquoi personne ne venait à son secours ? Où étaient les voisins ? Autour de lui, il n'y avait que des créatures étranges aux joues peintes, aux yeux durs, qui avançaient affalées sur des chevaux maigres et mal peignés.

« Je suis seul », pensa-t-il, et il sentit sa gorge se nouer. Pourtant, encore une fois, il réussit à retenir ses larmes. Il les détestait, ces hommes qui l'avaient enlevé ; il ne voulait pas, en plus, leur faire le plaisir de pleurer devant eux. « Tu es une tête de pioche, Herman ! se répétait-il pour chasser sa peur. Les têtes de pioche, ça ne pleure pas ! »

Le soleil était presque couché, maintenant, et le ciel était rouge. Les Apaches s'arrêtèrent enfin. Mais ils ne dressaient pas de tente, ne faisaient pas de feu, ne parlaient pas. Ils ne voulaient pas attirer l'attention, bien sûr.

Son ravisseur attrapa Herman, le glissa sous son bras comme un paquet, et s'en alla le jeter au pied d'un arbre. Puis il s'éloigna du bivouac et disparut. Où allait-il ?

Le temps passait... Les Indiens chuchotaient entre eux dans un drôle de langage sans même regarder le prisonnier. Épuisé, étourdi par la faim, Herman perdit à nouveau connaissance.

Il fut réveillé par un coup de pied. Devant lui se tenait l'Apache ; au sol, un animal mort. Dans la lumière du crépuscule, Herman vit que c'était une sorte de veau au poil brun et frisé. Ça devait être ça qu'on appelait un bison.

« Comment va-t-on le manger, sans feu ? » se demanda-t-il.

Il ne s'interrogea pas longtemps. L'Apache prit le poignard qu'il avait à la ceinture. Il se pencha sur le veau et lui ouvrit le ventre d'un seul geste. Herman ferma les yeux. Mais le pire était à venir : quand il osa regarder de nouveau, il vit que l'homme avait entre les mains une chose sanguinolente qui ressemblait à des tripes. Horreur, il s'approchait de lui... Tout en lui tenant fermement la tête dans le creux du bras, l'Indien lui enfourna la viande crue dans la bouche avant qu'il ait eu le temps de serrer les dents. Herman ne put faire autrement que d'avaler... pour vomir de dégoût aussitôt, à genoux dans la terre, l'estomac retourné. L'Apache le tira par les cheveux pour lui mettre la tête en arrière et recommença l'opération. Encore une fois, Herman vomit. La troisième fois, il comprit qu'il avait intérêt à se forcer ; il n'aurait rien d'autre à manger, et l'Apache continuerait à le gaver jusqu'à l'étouffer s'il le fallait. Alors, il respira un bon coup pendant que la chose sanguinolente et encore tiède coulait le long de sa gorge.

Il fut récompensé, d'une certaine manière. Il avait moins faim, et, de plus, pour la première fois, on lui adressa la parole.

Cet Indien-là était plus jeune que l'autre, beaucoup plus jeune. Il avait les joues encore rondes et un corps d'adolescent. Il s'était détaché du groupe installé à l'écart pour assister au spectacle, et maintenant, il restait là à l'observer comme on observe un insecte inconnu. Herman lui rendit son regard, bien décidé à ne pas se laisser impressionner par ce sauvage qui n'avait jamais que trois ou quatre ans de plus que lui. Ils restèrent comme ça à se dévisager pendant un bon moment.

Finalement, le jeune Apache ouvrit la bouche.

— *Chi-wat*, articula-t-il lentement en se frappant la poitrine.

Herman ne réagit pas, toujours absorbé par son examen. Il détaillait les traits réguliers, les taches de peinture blanche qui barraient le visage lisse. Sur le front, le jeune Apache portait un tissu sale en guise de bandeau. Et il sentait aussi mauvais que l'autre. Qu'est-ce qu'il lui voulait ? Pourquoi l'avait-il enlevé ?

— *Chi-wat*, répéta l'Indien, puis il frappa la poitrine du garçon en levant le menton brusquement.

Une lueur se fit dans l'esprit de Herman. « Ce doit être son nom. » Aussitôt, après, il pensa : « S'il me dit son nom, c'est qu'il ne veut pas me tuer – pas tout de suite, en tout cas... Essayons d'être poli. »

À son tour, il se frappa la poitrine.

— Her-man.

Et il ne put s'empêcher d'ajouter :

— Pourquoi m'avez-vous enlevé ?

Évidemment, l'autre n'avait rien compris. Au lieu de répondre, il montra avec respect l'homme plus âgé qui avait gavé le garçon de sang frais, et dit encore :

— *Carnoviste.* Chef.

« Chef ? » Il connaissait donc sa langue ? Un mince espoir traversa l'esprit du captif. Il plaida sa cause :

— Je voudrais rentrer chez moi, s'il vous plaît. Si vous me ramenez, ma mère vous donnera... (Il hésita, il y avait si peu d'argent à la maison.) Nous sommes de pauvres fermiers, mais je suis sûr qu'elle vous donnera quelque chose.

L'adolescent resta muet.

« J'ai parlé trop vite », pensa Herman. Et il ânonna :

— Moi - veux - rentrer - maison.

Une ombre de sourire apparut sur le visage du jeune Apache. Mais ce n'était pas de la sympathie. De l'ironie, plutôt. Sans répondre, il montra longuement l'horizon. En même temps, Herman se sentit soulevé de terre. Le chef Carnoviste ne perdait pas son temps en présentations, lui. Il se contentait de hisser le captif sur son cheval et déjà l'attachait à la selle.

C'est alors que Herman commença à penser que, peut-être, il ne rentrerait plus jamais chez lui.

Ils avancèrent toute la nuit, puis le jour suivant et encore une autre nuit. Enfin, au matin du troisième jour, un changement dans le paysage avertit Herman que la fin du voyage était proche ; dès les premières lueurs de l'aube se dressaient sur l'horizon des sortes de grosses mottes d'où montaient des rubans de fumée. Des mottes innombrables, comme des meules de foin. Ils s'en approchèrent lentement. C'étaient des huttes rondes faites de branches et de peaux de bêtes. Un campement.

Des gens en sortirent en poussant des cris – des cris de joie. Il y avait des hommes, mais aussi des femmes et des enfants. Tous avaient les cheveux noirs et longs, le visage sale, des bandeaux autour du front, de la peau de daim autour des jambes.

Le chef Carnoviste descendit de cheval tout en jetant Herman à terre devant lui. Le garçon se releva péniblement tandis que les gens du camp se précipitaient vers les arrivants en riant. Une femme prit Carnoviste dans ses bras, puis une autre...

« Ils ont de la chance, ils se retrouvent », pensa Herman, le cœur lourd.

Il resta un moment à regarder la scène. Et soudain, il se rendit compte que personne ne prêtait attention à lui ; tous étaient au plaisir des retrouvailles, parlant fort, se tapant sur les épaules.

Herman se retourna. Derrière lui, il y avait un bois de peupliers, les reflets d'une rivière à travers les arbres, en contrebas. Il recula d'un pas. Pas de réaction du côté des Apaches. Il recula encore. Et encore. Puis fit demi-tour et se mit à courir.

Il sautait par-dessus les roches, par-dessus les branches, dévalait la pente vers la rivière... Trrr-trrrr. Il s'arrêta brusquement. Il venait d'entendre un bruit – un bruit qu'il connaissait, un cliquetis, au ras du sol : trrrtrrrr. Il baissa les yeux. Devant lui, était lové un serpent à sonnette, pareil à ceux qu'il avait déjà vus si souvent autour de la ferme, la queue bien dressée, vibrante : trrrtrrrr... comme pour avertir l'imprudent : « Attention, humain, je suis mortel ! »

Herman recula d'un pas. Il avait eu chaud. Il releva les yeux et chercha un chemin. Dans quelle direction était la ferme des Lehman ? Pourquoi les voisins n'arrivaient pas ? La fatigue le faisait trembler. Comment s'évader, si loin de chez lui, seul dans la nature, au milieu des bêtes sauvages, des serpents, des coyotes, des... ?

Le temps qu'il se pose toutes ces questions, des exclamations furieuses retentirent dans son dos, puis un piétinement, et bientôt il sentit les bras de Carnoviste se refermer sur sa taille comme une paire de tenailles. Il essaya bien de se débattre, mais ses pieds affaiblis s'écrasaient comme des balles de chiffons contre les jambes dures de son ravisseur. Il abandonna le combat, et se laissa transporter.

Revenu dans le cercle des huttes, l'Apache jeta une fois de plus le garçon à terre. Herman se recroquevilla. Il était si fatigué qu'il était sur le point de s'endormir malgré le bruit, malgré la douleur, malgré son désespoir. Et, dans son demi-sommeil, il se répétait encore : « Je ne pleurerai pas, Non, je ne dois pas pleurer... »

C'est alors qu'il sentit une main le toucher. Pas celle de Carnoviste. Une main douce qui lui caressait la joue pour en nettoyer la poussière. Il entrouvrit les yeux ; c'était une femme. Il se redressa sur ses fesses douloureuses. C'était la femme qui avait serré Carnoviste dans ses bras. Elle sentait aussi mauvais que les hommes, mais elle souriait.

Elle se mit à parler dans sa langue incompréhensible, et sa voix était gaie. Elle ne s'adressait pas à Herman ; elle parlait à quelqu'un d'autre, à côté d'elle. Le garçon reconnut l'adolescent dont le nom était Chiwat. Lui aussi, il regardait l'enfant enlevé à sa famille.

Carnoviste se pencha sur lui à son tour. Instinctivement, Herman leva le coude pour se protéger la figure, mais l'Apache ne le frappa pas ; il lui toucha la poitrine comme l'adolescent l'avait fait le premier jour, puis il toucha celle de la femme. Le sourire de l'inconnue s'élargit ; elle rayonnait de bonheur, comme si l'homme venait de lui faire le cadeau de ses rêves pour son anniversaire.

Herman comprit. C'était lui, le cadeau.

3

— Aïe !

Herman se réveilla en sursaut. Où était-il ? Qui l'avait frappé ? Il cligna des yeux et se redressa sur un coude.

« Oh non ! ce n'était pas un cauchemar ! »

Il devait l'admettre : il avait bien été enlevé par des Apaches, il avait bien passé la nuit dans une hutte sombre et puante, très loin de chez lui, au milieu de sauvages sanguinaires.

De la lumière filtrait par l'ouverture basse de l'abri en branches ; donc le jour était levé.

Herman se redressa pour frotter son mollet. Inutile de se demander qui l'avait frappé ; devant lui, se tenait Chiwat, le jeune Apache. Pour qu'il n'y ait aucun doute sur le sujet, l'adolescent recommença aussitôt. Un grand coup de pied dans la cheville.

— Aïe !

Herman bondit sur ses pieds pour échapper au coup suivant, et se faufila hors de l'abri. Là, il s'arrêta, ébloui par le soleil. Dans le contre-jour, il devinait des silhouettes. Comme ses yeux s'habituaient à la clarté, il distingua des garçons, des filles ; certains très jeunes, d'autres de son âge, à peu près. Tous se pressaient pour le voir. Herman tenta de rentrer dans la hutte, mais l'adolescent lui barrait la route, un objet entre les mains ; Herman baissa les yeux ; c'était une sorte de grosse jarre en osier colmaté de résine de pin. Et tout en poussant l'objet contre les côtes du jeune prisonnier, Chiwat criait des mots incompréhensibles en montrant quelque chose du menton. Herman suivit son geste des yeux. Un sentier conduisait à la rivière en contrebas.

— Tu veux que j'aille cherche de l'eau ? demanda-t-il.

Le jeune Apache hocha la tête vigoureusement.

— « Eau » ! répéta-t-il, en ajoutant quelque chose comme « *tou* » qui devait être le même mot en langue apache.

« Autant obéir, pensa Herman. De toute façon, je n'ai pas le choix. »

— D'accord, d'accord ! cria-t-il. J'y vais.

Il prit la jarre dans ses bras et courut vers la berge.

Tout d'abord, il crut que les choses iraient mieux comme ça : l'adolescent restait derrière lui, mais ne le touchait plus, et approuva de la tête pendant que son prisonnier, à genoux sur la rive, enfonçait la jarre dans le courant. Du moment qu'il suivait les ordres, on le laisserait tranquille... Quand le récipient fut plein, Herman le souleva – c'était lourd !

Il se redressa en chancelant sous son fardeau, et bien vite, dut constater qu'être obéissant n'était pas une qualité suffisante pour vivre tranquille, chez les Apaches. À peine eut-il chargé le pot sur une épaule que l'adolescent recommença à le bousculer.

— Attention ! s'exclama Herman, tu vas faire tomber l'eau !

Sans aucun doute, c'était précisément ce que cherchait à faire cet adolescent stupide. Et comme si c'était un signal pour un jeu organisé, les enfants, garçons et filles, accoururent pour donner un coup de main au plus âgé. Herman avait l'impression d'être un mannequin de paille un jour de foire. On l'attrapait par la chemise, on lui tirait les cheveux, on lui mettait un pied devant les jambes..., et tout cela en riant et en criant : « *Gochi, gochi* » sur le ton de l'insulte – quelle fête !

Comment réagir ? Laisser tomber la jarre et éclater en sanglots ? La tentation était forte, mais encore une fois, une petite voix chuchota à son oreille : « Tiens bon, Herman, tiens bon, tu es une tête de pioche. »

Et il s'efforça de remonter le sentier comme si de rien n'était, feignant d'ignorer ses persécuteurs.

Mais son calme ne fit qu'exciter la petite foule : les coups devenaient plus violents, la bousculade générale. Et bien sûr, l'inévitable survint : Herman trébucha, la jarre vacilla, et l'un et l'autre s'écroulèrent dans une grande gerbe d'eau de rivière. Des éclats de rire saluèrent le spectacle. « *Tou, tou, gochi !* »

Inutile d'espérer qu'on vienne l'aider à se relever. Allongé dans la poussière, Herman prit appui sur ses mains... Aussitôt, il sentit un nouveau coup de pied dans ses côtes. Ce fut le coup de trop. Une rage sourde monta en lui comme du feu dans un volcan. Il serra les poings, et, d'un seul mouvement, se redressa. C'était fini, il ne se laisserait plus faire.

Tête en avant, il se rua sur l'adolescent.

— Tu vas voir qui je suis, espèce de..., hurla-t-il.

Le choc, contre l'estomac de son adversaire, produisit un drôle de son étouffé. Tonk ! L'adolescent était beaucoup plus grand que lui, mais ça lui était égal ; même de mourir, ça lui était égal. La colère était plus forte que la peur, à présent. Il recommença – tonk !

L'adolescent, en fait, ne semblait pas du tout sur le point de mettre à mort Herman. Il se défendait mollement, sans user de toute sa force. Toujours riant, il attrapa son captif par les cheveux pour le repousser, mais Herman ne bougea pas ; au contraire, apercevant d'un œil un bout de cuisse nue à portée de dents, il mordit. Un cri furieux retentit au-dessus de lui, et d'autres bruits, plus surprenants : les enfants continuaient à rire, et même... N'était-ce pas un adulte qu'il entendait ? Herman glissa un regard sur le côté sans cesser de se battre. Si, c'était bien un adulte qui riait avec les enfants. Carnoviste ! Le chef apache s'esclaffait en lançant des exclamations qui ressemblaient à des encouragements : « *Doonilzig ! Doonilzig !* » – comme s'il était dans une foire à applaudir des lutteurs. Une joie sauvage s'empara de Herman.

— Vous voulez du spectacle, cria-t-il. Vous allez voir !

Et il se mit à mordre de plus belle en lançant ses poings partout où il pouvait. Mais son adversaire, cette fois, en eut assez ; d'un geste, il attrapa le garçon à bras-le-corps et l'envoya valser à plusieurs pas de là au milieu du tapage ravi de l'assistance.

Herman atterrit à demi assommé dans la poussière. Et déjà l'adolescent était là ; le captif battu avait ses mollets gainés de daim au niveau de ses yeux ; puis le visage moqueur penché sur lui, tout près, un sourire aux lèvres. Puis la jarre...

— C'est bon, j'ai compris, grommela-t-il. *Tou*... Je retourne à la rivière.

Il se mit péniblement à quatre pattes, voulut se redresser, mais retomba sur ses fesses. Encore étourdi par la chute, il avait la tête qui tournait.

C'est alors qu'il la vit.

Une jeune fille sur un cheval gris. C'était une Apache, mais elle était très différente de la femme de Carnoviste. Beaucoup plus jeune, et beaucoup plus agréable à regarder. Ses cheveux longs et noirs étalés tout autour des épaules brillaient au soleil. Sa robe courte était brodée de perles, ainsi que les hautes chausses de daim qui lui montaient jusqu'au-dessus des genoux.

Cette jeune fille était la seule à ne pas rire. Elle observait le captif d'un air soucieux. Herman crut un moment qu'elle ressentait de la compassion pour lui. Sauf qu'elle ne faisait pas un geste pour l'aider.

Sans plus aucune envie de se battre, Herman se releva en chancelant, attrapa la jarre.

— Pourquoi recommencer si tu dois me bousculer encore ? demanda-t-il à l'adolescent.

Bien sûr, son adversaire ne répondit pas, mais Carnoviste fit un geste qui valait mieux qu'une phrase. Il tendit au prisonnier un bâton qu'il avait ramassé par terre.

— Pourquoi faire ? demanda Herman, méfiant.

Comme s'il avait compris, le chef apache fit de grands mouvements, mimant une lutte contre des ennemis invisibles.

— Une arme ? s'étonna son jeune captif.

Herman n'en demanda pas plus et prit le bâton avant de descendre d'un pas vif vers la rivière. Quand la jarre fut à nouveau remplie, il se redressa, l'arme tendue devant lui, et remonta bravement le sentier. Cette fois, les enfants s'écartèrent sur son passage dans un profond silence.

— Tu fais moins le fier, hein ? lança-t-il à celui dont le nom était Chiwat.

L'adolescent se contenta de croiser les bras sans bouger de sa place. Herman gonfla la poitrine ; il y avait comme un parfum de victoire dans l'air.

Mais la journée n'était pas terminée.

Après être allé chercher de l'eau à la rivière, le jeune captif dut ramasser du bois mort sous les peupliers, puis gratter une peau de daim à moitié pourrie avec une grosse pierre, puis casser des cailloux pour faire des pointes de flèches, puis... Aucune de ces tâches n'aurait été vraiment pénible si Chiwat et sa bande n'avaient eu à cœur de l'accompagner.

Le succès du matin avait été de courte durée. Ils étaient autour de lui comme des guêpes, comme des démons, plutôt, occupés à essayer de défaire le plus vite possible ce que le garçon avait fait très lentement. Il y avait de quoi devenir fou. Pourtant, Herman avait pris son parti : il ne se laisserait pas humilier. Il avait compris que, si les jeunes du camp avaient le droit de le persécuter, lui avait le droit de se défendre à coups de griffes, de dents, de bâton... pendant que Carnoviste, de loin, appréciait le spectacle avec de petits hochements de tête.

« Ils sont bizarres, ces Apaches ! » se disait le garçon après chaque épreuve.

Il n'avait pas encore vu à quel point.

La nuit tombait. Plus personne ne songeait à s'agiter ; les enfants s'étaient éparpillés, et Chiwat avait enfin changé de passe-temps. Il taillait une baguette de bois de caryer à l'aide d'un poignard rouillé sans plus s'occuper du jeune captif, que personne n'avait besoin de surveiller – c'était inutile ; il était trop épuisé pour penser à fuir. Adossé à la hutte, les mains sur ses genoux gris de poussière, il laissait son regard flotter autour de lui.

Carnoviste était allongé sur une couverture, la tête sur une selle. Même sa femme, qui avait travaillé tout le jour aussi dur que Herman, était assise à se reposer ou presque : elle assemblait des pièces de daim en les cousant avec un lacet de cuir.

À côté d'elle, assise en tailleur, il y avait la jeune fille au cheval gris, une broderie de perles étalée sur les genoux. L'inconnue posait sur lui le même regard qu'elle avait eu le matin. Quels yeux ! Deux petites nuits remplies d'étoiles... Elle resta un moment ainsi, sans bouger, puis soudain, comme pour clore un long discours muet, fit un grand sourire. Ses dents brillaient, si blanches sur son visage couleur de cassonade.

Pour la première fois depuis qu'il avait été enlevé, Herman sentit un peu de chaleur en lui. Il tenta de répondre à ce sourire merveilleux, mais ne réussit à afficher qu'une demi-grimace.

La jeune fille se toucha la poitrine.

— *Eti.* (Elle montra la femme du chef.) *Shida Shizé.*

Sa voix était timide, mais il y avait quelque chose d'assuré dans son attitude. Elle se retourna brusquement et disparut dans la hutte. « Pourquoi part-elle ? » se demanda Herman, déçu. Mais elle revint aussitôt avec un bol de terre cuite entre les mains. Elle tendit le récipient au garçon. Au fond, il y avait un fruit. Une petite chose triste en forme d'œuf, verte et pleine d'épines – une pomme de cactus.

C'était un maigre présent, mais Herman l'accueillit comme si c'était le gâteau aux noix de pécan de Mme Lehman. Sans se préoccuper des épines qui lui blessaient les doigts, il ouvrit le fruit et suça la chair rose – mmmh.

Quand il les rouvrit, il vit que personne ne le regardait plus. La jeune fille avait repris son ouvrage et la femme du chef chantonnait, le nez baissé. Tout autour, dans le campement, les familles apaches se regroupaient devant leurs foyers.

« On dirait que j'ai terminé ma journée », soupira Herman.

Pas tout à fait, pourtant. Carnoviste lui faisait signe d'approcher. Herman obéit aussitôt ; il en avait assez des coups. Dès qu'il fut près de lui, le vieux chef enleva son bandeau et montra son énorme tignasse.

— Qu'est-ce qu'il veut ? demanda Herman. Que je lui fasse des couettes ?

Bien sûr, personne ne donna d'explication.

Voyant qu'il n'avait pas été compris, Carnoviste écarta deux mèches de cheveux et fit un nouveau signe. Perplexe, Herman se pencha, regarda... Des choses bougeaient, là-dedans. Qu'est-ce... Aaah ! Il écarquilla les yeux d'horreur. Des poux ! Il y en avait toute une colonie, dans cette forêt noire qui sentait le mouton sale.

Comme il ne réagissait toujours pas, la femme du chef approcha à son tour, se pencha sur ce petit monde et, toujours souriante, attrapa entre ses deux pouces une ignoble bestiole qu'elle se mit en devoir d'écraser lentement. Puis elle regarda Herman et fit un geste éloquent. Le garçon avala sa salive. Inutile de feindre l'incompréhension. C'était bien un cours de chasse au pou qu'il venait de recevoir, et on l'invitait aimablement à entamer un exercice pratique. Bien sûr, il n'y avait aucun moyen d'y échapper. Le garçon retint sa respiration et se mit à l'ouvrage. Bientôt, un grognement se fit entendre... un grognement de satisfaction. Un remerciement, en quelque sorte.

4

Cette nuit-là, Herman ne fit pas à proprement parler de beaux rêves – des troupeaux de poux défilaient par centaines devant ses paupières closes –, mais il connut un repos paisible. Au moins, il était débarrassé de l'angoisse de l'inconnu. Il savait désormais pourquoi on l'avait arraché à ses parents. Pas pour le tuer ni pour le torturer.

« Pour être un esclave, voilà tout », se dit-il en s'endormant.

Le lendemain lui en apporta la confirmation. Et le surlendemain et tous les jours qui suivirent.

Dès l'aube, Chiwat le réveillait au moyen de quelques coups de pied, auxquels Herman échappait en quittant la hutte. Là, les enfants l'attendaient, déjà tout prêts à l'insulter et à le bousculer. Bientôt, le jeune captif comprit le sens des mots qu'ils répétaient sur son passage :

— *Gochi, gochi !* Cochon ! Cochon !

Pas de quoi se réjouir d'apprendre si vite la langue apache. Puis la ronde des corvées commençait : l'eau, le bois, le feu, le cuir à tanner, la viande à couper, les cendres à disperser, les poux à chasser... Herman accomplissait les unes et les autres sans trop réfléchir. Pour lui, il n'y avait plus aucun doute : il était la propriété du chef apache Carnoviste et il le resterait toujours.

Bien sûr, il avait tenté de s'échapper, mais chaque fois, l'Indien le rattrapait, le ramenait sous son bras vers sa hutte et le frappait pour le punir. Alors il avait fini par renoncer. Parfois encore, il guettait au loin dans le bois s'il ne voyait pas venir quelqu'un, sa mère, les voisins, des soldats, tous ceux que sa mère aurait pu alerter. Mais personne n'apparaissait jamais.

« Ils m'ont oublié, voilà tout », se dit-il un jour qu'il regardait l'horizon au-dessus de la rivière tout en remplissant sa jarre, et il décida de penser à autre chose.

De toute façon, il avait suffisamment à faire pour survivre. Le plus dur étant de tenir Chiwat en respect.

C'était la partie la plus incompréhensible de sa condition. Qu'un prisonnier soit le souffre-douleur des enfants du village, cela, Herman pouvait le concevoir. Mais Chiwat ? Il semblait que l'adolescent n'avait qu'un seul but dans la vie : provoquer la colère du captif. Il le harcelait jusqu'à ce que celui-ci devienne fou de rage. Puis il acceptait le combat avec une joie féroce – sans jamais l'écraser tout à fait. Il le laissait s'énerver, gigoter, griffer, mordre, puis, soudain, agacé, l'envoyait rouler dans la poussière. Et Carnoviste encourageait ce jeu absurde. Quand Herman, hors de lui, fonçait sur Chiwat les poings en avant, le vieux chef clignait de l'œil en criant aux combattants :

« Frappe, Chiwat, plus fort ! Ou bien : Oui, garçon blanc, vas-y défends-toi ! *Doonilzig !* »

Herman savait maintenant que ce *Doonilzig* voulait dire « brave », mais le compliment n'était associé à aucune récompense – à moins, peut-être, que sa bravoure ne lui ait évité d'être tué sur place le premier jour ?

Shida Shizé, la femme de Carnoviste, s'amusait bien, elle aussi. Loin de défendre son « cadeau d'anniversaire », elle suivait avec intérêt les combats, se cachant simplement les yeux quand Herman recevait un coup plus fort que les autres, et riant quand il réussissait à faire gémir Chiwat de douleur.

Herman ne pouvait s'empêcher de penser à ses parents qui le punissaient chaque fois qu'il embêtait Willie... Vraiment, les Apaches étaient des gens bizarres !

Même la jeune fille aux jolis yeux semblait apprécier les séances de boxe. Elle ne riait pas, elle, mais ne faisait pas un geste pour aider l'enfant martyrisé, l'observant tout au long de la journée comme pour guetter le moment où il allait sortir de ses gonds.

« J'ai cru qu'elle m'aimait bien, pourtant ! », rageait Herman.

Cependant, il ne pouvait en vouloir aux deux femmes : c'était elles qui le soignaient, une fois sa dure journée terminée.

Affalé sur leurs genoux, couvert d'égratignures et de bleus, il se laissait nettoyer et panser en les écoutant bavarder. C'était elles, aussi, qui lui enseignaient la langue apache.

Il apprit ainsi que Carnoviste signifiait « loup », Chiwat « chèvre », Eti « brindille », et Shida Shizé « yeux rieurs » – cela lui allait si bien ! Il ne l'avait jamais vue autrement que le visage orné d'un sourire sur ses lèvres fermées, qui remontait sur ses joues plissées comme des guillemets. Et elle semblait penser que chacun devait être comme elle, heureux de tout.

— Tu as de la chance, expliqua-t-elle un soir à Herman en lui massant la nuque douloureuse. Tu es l'esclave d'un chef important. Dans notre campement, il y a près de mille wigwams...

Plutôt que de commenter sa « chance », Herman préféra jouer l'élève docile :

— *Wigwams* ?

— C'est le nom de nos maisons. Nous sommes des Apaches de la tribu des Mescaleros. Sauf Chiwat ; il vient de la tribu des Lipans, de l'autre côté du Rio Grande.

— Chiwat pas ton fils ? risqua Herman pour montrer ses progrès en langue apache.

Shida Shizé détourna la tête, et, pour la première fois, les guillemets de son sourire tombèrent.

Eti intervint, très vite :

— Non, Chiwat n'est pas de la famille de Carnoviste. (Elle baissa la voix, pour préciser :) Shida Shizé n'a pas d'enfant. (Puis reprit plus fort :) Chiwat nous a rejoints, seul, après que son clan a été massacré par les soldats mexicains, l'année dernière. Il est jeune, mais c'est un vrai brave. Carnoviste l'emmène toujours dans ses raids. Un jour il deviendra chef, lui aussi, et...

On voyait bien qu'Eti aimait parler de Chiwat ; Herman, lui, appréciait moins le sujet de conversation. Il la coupa :

— Toi, être qui ?

— Moi ? Qui je suis ? La sœur de Carnoviste.

Herman leva un sourcil étonné ; on pouvait dire qu'ils ne se ressemblaient pas, ces deux-là ! La jeune fille lui lança un regard en coin.

— Je sais ce que tu penses, murmura-t-elle. Chiwat me dit la même chose. (Un petit rire et elle poursuivit :) Il ajoute qu'il ne s'en afflige pas.

Encore Chiwat ! Drôle de fille : Eti soignait avec compassion les dégâts infligés par l'adolescent, et, en même temps, ne manquait pas une occasion de parler de lui sans même paraître lui en vouloir – loin de là.

Herman sentit une pointe de colère lui chatouiller la gorge.

— Et moi ? gronda-t-il.

— Toi ? s'étonna Eti.

— Moi, je suis qui ?

C'était une drôle de question, mais une fois qu'il l'eut posée, Herman la jugea bienvenue. Au début, il s'était demandé pourquoi il était là ; maintenant, il se demandait juste qui il était.

Ce fut Shida Shizé qui répondit, sa bonne humeur retrouvée d'un coup.

— Toi, s'exclama-t-elle joyeusement, tu es l'enfant que Carnoviste et Chiwat sont allés chercher pour moi. Je n'avais pas d'enfant, maintenant, j'en ai un. Je suis heureuse, garçon blanc, parce que tu es là.

Son bonheur était si visible que Herman laissa monter en lui une bouffée d'affection. Il chercha quelque chose à dire qui ferait plaisir à cette femme. Ce ne pourrait pas être très compliqué, car, même s'il apprenait vite, il était encore débutant en langue apache. Il essaya tout de même de fabriquer une phrase avec les mots dont il se souvenait :

— Moi de la chance, être esclave de toi, Shida Shizé.

La femme apache eut un rire attendri et se mit à fredonner doucement :

« *Djiguna bija de ya...* Soleil, regarde, mon enfant est brave... »

Herman ferma les yeux. Pourquoi avait-il dit cela ? Certainement, ses paroles avaient dépassé sa pensée. Tant pis. De toute façon, il n'existait plus pour la famille Lehman. Alors autant faire plaisir à Shida Shizé. Bien sûr, ça n'empêcherait pas Chiwat de le taper, mais...

« C'est tout brouillé dans ma tête », se dit-il juste avant de sombrer dans le sommeil.

Un jour, enfin, tout se débrouilla. Herman comprit pourquoi Chiwat le tapait, pourquoi Carnoviste encourageait son esclave à répondre aux coups, pourquoi Eti et Shida Shizé ne prenaient jamais sa défense.

Ce soir-là, il y avait une grande fête dans le campement ; au centre, on avait fait un feu, un feu immense dont les flammes montaient jusqu'au ciel. Autour, les Apaches dansaient, riaient, chantaient.

Pour une fois, Carnoviste n'était pas l'homme le plus important du clan. Un autre personnage attirait tous les regards. Impossible de savoir qui il était : sa tête était cachée dans une cagoule de cuir surmontée d'une immense couronne de bois peint. Sous les yeux des Apaches assemblés autour du feu, il se balançait en levant les bras vers la nuit.

« Ça doit être un prêtre, pensa Herman, il a l'air de parler avec le ciel. »

Il regardait le spectacle, accroupi à l'écart, trop content d'être oublié, pour une fois. C'était beau. Une ligne de jeunes filles se serrait devant le feu. Leurs robes constellées de perles de couleur luisaient dans l'éclat des flammes. Leurs pieds martelaient en rythme la terre battue. Leurs regards modestement baissés ne laissaient voir de leurs yeux que de fines lignes en croissant, et leurs énormes chevelures formaient des diadèmes noirs comme la nuit.

Le prêtre se mit à chanter d'une voix étrange, comme venue d'en haut et non d'une poitrine humaine. Herman en avait la bouche ouverte.

Une main se posa sur son épaule. Il leva la tête.

— Oh non ! gémit-il en voyant Chiwat.

Pourtant, cette fois, l'adolescent ne lui tapa pas dessus. Il le tira par le bras avec douceur – du moins en comparaison avec ses manières habituelles.

Il l'entraîna de l'autre côté du feu, et bientôt, ils se retrouvèrent devant une ample couverture mexicaine étalée sur le sol. Des nourritures y étaient présentées. Bien sûr, il y avait de la viande cuite et de la viande crue : du foie, de la cervelle, des tripes, et de l'estomac de bébé bison, aussi dégoûtant que celui que Herman avait été obligé de manger le jour de son enlèvement. Mais cette fois, à côté, il y avait aussi un gâteau aux noix de pécan. Un vrai. Comme celui de Mme Lehman. Non que les Apaches soient pâtissiers – ils n'utilisaient jamais de farine. Simplement, la veille, ils avaient attaqué un ranch et pillé tout ce qu'ils avaient trouvé dans la cuisine.

Shida Shizé s'approcha à son tour de Herman et le prit par la main.

— Tu peux manger, dit-elle. Prends ce que tu préfères.

Le garçon n'en revenait pas. Il avait tellement faim, ça tombait bien. Il regarda le gâteau bien doré. Il lui rappelait sa maison, sa famille, et sa gorge se serra. Comme ce devait être bon de sentir les noix croquer sous la dent... Juste à côté, il y avait un gros morceau de foie cru, sorte de gelée violacée sillonnée de rouge vif.

Herman sentit des regards posés sur lui. Il se tourna. Carnoviste l'observait. Il n'était pas le seul. Chiwat, aussi, et Shida Shizé, et Eti. Même le prêtre masqué avait interrompu son chant et fixait le jeune esclave par les deux trous découpés dans sa cagoule de cuir. Pourquoi le regardaient-ils tous comme ça ?

— Qu'est-ce que tu veux ? demanda Carnoviste sans cesser de l'observer.

Herman ne bougeait pas. Ses yeux allaient du gâteau à l'homme masqué. On ne voyait que ses prunelles, mais elles avaient l'éclat mat du plomb.

« On dirait un chasseur qui surveille un piège », se dit-il.

Il regarda encore une fois le gâteau, puis la viande crue... Un éclair se fit dans son esprit. Là était le piège ! Sans plus hésiter, il se pencha sur la nappe et désigna le morceau de foie sanguinolent.

— Ça. Je veux ça.

Aussitôt, il vit le visage de Carnoviste s'illuminer. Le sauvage avait disparu ; à la place, il y avait un homme heureux comme un père dont le fils a eu une bonne note à l'école.

Derrière lui, les autres Apaches regardaient le garçon avec le même air de satisfaction, voire de bienveillance. Des murmures lui parvinrent :

« C'est bien », « Il est digne de vivre », « Il est devenu un Apache. »

Seul le prêtre masqué n'avait pas changé d'expression. Lui ne paraissait pas heureux du tout que le captif ait déjoué le piège, et, par contraste, son regard semblait plus meurtrier encore. Herman sentit un frisson lui parcourir le dos. Dans ces yeux aux reflets de plomb, il lui semblait lire de la haine.

Carnoviste ramassa le morceau de foie et le tendit à Herman.

— Tiens, dit-il, c'est de la nourriture pour ceux qui ne pleurent pas quand on les frappe. Garçon blanc, tu n'es plus un esclave. Tu es mon fils adoptif.

Herman restait debout, son bout de viande dans les mains. Il comprenait tout, à présent. Pas seulement le foie cru, mais aussi les coups, les bagarres avec Chiwat... des épreuves ! Voilà pourquoi Carnoviste les encourageait ; il surveillait le garçon. Si l'esclave avait montré sa peur, s'il avait gémi sous les coups, il aurait fini par mourir. Mais puisqu'il était assez brave pour résister, pour se révolter, il deviendrait son fils adoptif. Herman sentit en lui une grande chaleur. C'était plus fort que lui : il était fier. Fier d'avoir été reconnu digne d'être un enfant de chef, fier d'avoir été accepté par le clan.

Shida Shizé venait à lui, maintenant, les bras chargés de pièces de daim, celles-là mêmes qu'elle avait passé tant de soirées à coudre.

— Voilà de quoi t'habiller proprement, dit-elle. Nous allons te faire beau comme un Apache.

Ce fut Eti qui se baissa pour aider le garçon à enfiler les mocassins qui remontaient haut sur la jambe, comme des chausses de cuir. Herman passa ensuite la tunique, puis le pagne, noua sur la taille une longue bande de toile en guise de ceinture. Il était en train de finir son nœud quand il vit Chiwat lever le bras, tout près de lui. Aussitôt, il se mit en garde, un coude en avant pour parer le coup. Mais cette fois, l'adolescent lui lança une grande bourrade dans le dos.

— Garçon blanc ! s'exclama-t-il tandis que l'ancien esclave hoquetait sous la violence du choc. Je suis content de toi !

Herman se redressa en grimaçant.

— À partir d'aujourd'hui, continua Chiwat, tu es mon élève.

Le « garçon blanc » le regarda avec perplexité. Il n'était pas sûr que le passage de souffre-douleur à celui d'élève change grand-chose dans ses relations avec Chiwat... L'adolescent ne prit pas la peine de chasser ses doutes. Il se contenta d'une deuxième bourrade, encore plus forte que la première et lança :

— Je vais faire de toi un vrai guerrier, garçon blanc !

5

Il ne suffisait pas de manger du foie cru pour devenir un guerrier apache, Herman s'en aperçut vite. La formation était longue, difficile, et demandait beaucoup de travail. Mais somme toute, c'était plus amusant que de chasser le corbeau dans les blés en herbe – sans parler des lignes stupides à écrire sur un cahier.

Chiwat avait commencé l'apprentissage dès le lendemain de la fête.

Ils étaient partis ensemble à l'écart du village, à pied, tenant chacun un cheval par la bride. Celui de l'Apache était grand, tout blanc, les jambes hautes et solides. Celui de Herman était minuscule, couvert de taches rousses, la crinière maigrichonne, les genoux cagneux et les naseaux de travers. Même Willie n'en aurait pas voulu pour faire le tour du champ de blé. Mais un ancien esclave, même futur guerrier, ne peut guère espérer mieux, n'est-ce pas ?

Une fois arrivé dans une vaste clairière au milieu du bois de peupliers, Chiwat arrêta son pas et posa sa main droite sur le pommeau de sa selle.

— Regarde ce que je fais.

Il avait à peine fini sa phrase qu'il donnait une claque sur la croupe du cheval de sa main libre. L'animal partit au galop, et l'Apache se mit à courir à son côté, au même rythme, sans lâcher le pommeau, aussi musclé, aussi délié que son cheval. Et d'un bond, il se hissa sur la selle en enroulant la jambe par-dessus le dos de sa monture.

— Magnifique ! ne put s'empêcher de crier Herman. (Chiwat revenait vers lui, aussi frais et reposé que s'il sortait de son wigwam.) C'est incroyable ce que tu sais faire ! ajouta-t-il, les yeux mouillés d'admiration.

— À toi.

— Moi ?

Herman avait admiré le spectacle, mais n'avait pas envisagé un instant d'en devenir l'acteur.

— Je ne peux pas ! protesta-t-il. Je ne...

— Tu préfères chasser les poux toute ta vie ?

L'argument était décisif. Herman examina son poney cagneux. Il ne devait pas galoper bien vite, et sa selle était à hauteur des yeux.

— Bon. On y va. Au galop, Cheval-tordu.

Il donna une claque sur la croupe. Malheureusement, s'il était petit et lent, le poney était aussi d'un sale caractère. Il se mit à botter tout en tournant la tête vers l'arrière pour mordre le garçon qui essayait tant bien que mal de courir à son côté.

— Saute ! Saute ! criait Chiwat.

Bien sûr qu'il fallait sauter, à moins de vouloir finir en chair à pâté sous les dents d'un sale poney ! Herman agrippa le pommeau et lança la jambe... Aïe, à contretemps ! Il roula à terre pendant que l'animal lui passait dessus. Hihihi... – Herman fut certain de l'avoir entendu rire.

Chiwat, lui, se tenait franchement les côtes et se claquait la cuisse en tapant du pied – inutile d'espérer du secours de ce côté-là.

— Allez, recommence ! dit-il enfin en s'essuyant les yeux.

Herman n'avait pas le choix, c'était évident. Il se releva, attrapa la bride du poney qui se lança aussitôt dans une sorte de galop désuni entrecoupé de pas de côté.

— Cours plus vite, lança Chiwat. Attention, reste dans son rythme... Allez, maintenant, saute... Oh nooonn !

Oh si ! Herman se releva encore une fois. Il avait mal à l'épaule, mais il ne voulait surtout pas le montrer. Il se remit à courir pour rattraper le poney, agrippa tant bien que mal la crinière, appuya un pied pour lancer l'autre... ça y était, il était presque sur la selle...

— Bravo ! cria Chiwat. (Une grimace.) Attention, retiens-toi, tu glisses... (Une main sur les yeux.) Oh nooon !

Et ce fut comme ça toute la journée. Galop, saut, chute, « Oh noon ! » regalop, resaut, rechute. Sans même une pomme de cactus à se mettre sous la dent du matin jusqu'au soir.

Quand enfin Chiwat donna l'ordre de rentrer au campement, Herman avait mal partout et le poney hennissait de plaisir en montrant ses grandes dents jaunes – il s'était bien amusé, lui ! Chiwat aussi.

Le lendemain, ce fut pareil, et le lendemain encore. Le garçon blanc se demandait s'il devait haïr ou remercier son professeur pour sa persévérance. Il n'avait plus un centimètre de peau sans un bleu ou une écorchure. Et, jour après jour, comme au temps où il était le souffre-douleur des enfants du campement, il passait ses soirées allongé dans le wigwam, à se faire soigner par Eti pendant que Shida Shizé fredonnait sa chanson préférée :

« *Djiguna bija de ya, indí...* Soleil, regarde, mon enfant est brave, on me l'a dit... »

— Je n'y arriverai jamais, murmura Herman, un soir qu'il avait particulièrement mal au dos.

— Demain, je viendrai avec toi, dit doucement Eti.

Herman ne répondit pas. C'était gentil de sa part, mais il ne voyait pas comment la jeune fille sage qui passait ses soirées à broder des perles pourrait l'aider à monter sur un cheval au galop.

Pourtant, le lendemain, il fut bien obligé de l'admettre : Eti savait faire autre chose que de broder des perles. Son cheval gris était plus grand encore que celui de Chiwat, plus rapide aussi, mais elle bondissait depuis le sol sur la selle avec une légèreté que l'adolescent aurait eu peine à imiter, et sa monture avalait l'espace comme s'il ne sentait même pas la fine créature qui épousait les courbes de son dos, plume sur l'aile d'un oiseau, fleur portée par la brise.

Herman était sous le charme.

— Tu as vu ça ?

Chiwat n'était pas moins envoûté. Il murmura avec un sourire d'extase :

— C'est la meilleure cavalière de tous les temps.

Eti était bonne cavalière, mais aussi bon professeur. Laissant le cheval gris à Chiwat, elle prit la peine de rester à côté de Herman et de son poney – qui était séduit, lui aussi ; il en oubliait d'essayer de mordre. Et tout en courant, elle parlait d'une voix basse et scandée, comme si elle lui chantait une berceuse.

— Danse, garçon blanc, danse, disait-elle. Tes jambes accompagnent celles du cheval. Tu danses avec lui. Ferme les yeux. Écoute son galop sur le sol.

Fermer les yeux en courant ? Elle est folle ! pensait Herman. Pourtant, il obéissait. Il lui aurait obéi si elle lui avait demandé de sauter à pieds joints dans le feu. Il fermait les yeux, écoutait le galop du poney – beaucoup moins musical que celui du cheval gris, mais tout de même : le rythme entrait en lui, tatata, tatata...

— Danse avec le cheval, répétait Eti. Danse avec le cheval..., continue, là, là, là, appuie le pied, saute !

Sans même en avoir conscience, Herman se retrouva en selle.

— Eti, regarde ! Je...

— Continue, reprit Eti sans cesser de courir. Ferme les yeux. Écoute le galop... Je galope avec toi.

C'était magique. Herman avait l'impression que c'était ses jambes et non celles du poney qui frappaient le sol en cadence. Et le poney, sous lui, ne cherchait plus à lutter ; tous deux glissaient dans le même rythme, avec le même bonheur. Ils ne pouvaient plus s'arrêter...

Quand il rouvrit les yeux, Herman se rendit compte qu'Eti n'était plus à son côté depuis longtemps et qu'il était loin de la clairière.

— Ohoh, Cheval-tordu !

Le poney s'arrêta en soufflant d'indignation. Il aurait aimé continuer, lui, emporter son cavalier jusqu'au bout de la terre. Mais Herman voulait revenir célébrer sa victoire avec les deux Apaches.

Il n'eut pas à le regretter : la joie de Chiwat et d'Eti valait la sienne. L'un poussait des hurlements de triomphe et l'autre caracolait sur son cheval gris. Une vraie parade !

Rien que pour montrer sa reconnaissance, Herman s'offrit le luxe de sauter à bas de son poney pour recommencer sa performance, une fois, deux fois, trois fois... sous les acclamations de son public :

— Bravo garçon blanc ! Encore ! Plus vite !

Quelle joie ! Et finalement, comme pour couronner la fête, dans un grand éclat de rire, Eti fit sauter son cheval gris par-dessus un buisson de sauge et partit au galop à travers les bois en criant :

— Celui qui me rattrape, je l'épouse !

Aussitôt, Chiwat bondit en selle et s'élança à la suite de la jeune fille. Herman fut saisi un instant par le spectacle, puis, pris au jeu, lança à son tour son poney.

— Hé, attendez-moi !

Bravement, il tenta de rattraper les deux cavaliers, mais bien sûr, il dut vite capituler. Ils avaient disparu depuis longtemps, et l'écho de leurs rires s'effaçait au loin.

Passant au pas, Herman prit Cheval-tordu à témoin :

— Tu te rends compte ? Et moi, là-dedans ?

Il s'arrêta, prenant soudain conscience de la situation. Il était seul au milieu des bois avec un poney tout prêt à l'emmener très loin des Indiens, mais il n'avait plus envie de partir. Il avait envie d'être comme Chiwat, comme Eti, de monter sur un cheval immense et de galoper tout le jour à perdre haleine.

Quand ils revinrent un peu plus tard, Chiwat et Eti avaient les yeux qui brillaient et les cheveux fous.

— Il t'a rattrapée ? demanda Herman avec une pointe d'envie.

Eti éclata de rire.

— Jamais il ne me rattrapera ; j'ai le meilleur cheval du clan.

— Tu verras, un jour, je te rattraperai, menaça Chiwat tout en poussant son cheval contre celui de la jeune fille.

— Ce sera parce que je t'aurais attendu, alors.

Herman voyait bien à quel jeu jouaient ces deux-là, mais il n'avait pas envie de les laisser badiner comme ça toute la journée.

— En tout cas, fit-il les mains sur les hanches, *moi*, je vous ai attendus, comme vous pouvez le constater. Et c'est heureux pour vous, vous ne croyez pas ?

Chiwat et Eti échangèrent un regard inquiet. Herman enfonça le clou :

— Je me demande... Qu'aurait dit Carnoviste si vous étiez rentrés au campement sans moi ?

Herman vit nettement les yeux de Chiwat s'agrandir sous l'effet de la panique. Il lui laissa le temps d'imaginer tout ce que Carnoviste lui aurait fait subir s'il avait laissé s'échapper le

cadeau d'anniversaire de sa femme... Certainement, ç'aurait été plus violent que d'écrire cent
lignes sur un cahier ! Herman pouffa. Il venait
d'avoir une vision. Et, pour la première fois
depuis son enlèvement, il éclata de rire.

L'Apache était stupéfait – indigné, même.

— Qu'est-ce qui te prend ? Ce n'est pas drôle !

— Non. Si. (Nouvel éclat de rire.) Je te voyais
en train d'*écrire* cent lignes sur un *cahier* : « Je
ne dois pas laisser s'échapper le cadeau d'anniversaire de Shida Shizé », « Je ne dois pas laisser... »

Bien sûr, il n'existait pas de mots apaches pour
« écrire » et pour « cahier ». Herman les avait pro-
noncés dans sa langue maternelle.

— *Cahier* ? *Écrire* ? s'étonna Chiwat. Qu'est-ce
que c'est ?

— Un *cahier*, c'est... Euh...

Qu'est-ce que c'était, au juste ? Herman avait
parlé sans réfléchir ; il se rendit compte qu'il ne
savait plus vraiment ce que c'était un cahier. Il
se rappelait bien qu'avant, dans un autre monde,
on l'obligeait à rester des heures immobile devant
une table alors qu'il rêvait de sortir courir dans
les champs... mais tout le reste était flou. Même le
visage de sa mère commençait à s'effacer. Et ceux

de son frère, de sa sœur – comment s'appelait-elle, au fait ?

— Rien d'important, dit-il. Ça n'est pas utile ici, ça, c'est sûr.

6

Après ce jour de victoire, la vie de Herman fut plus facile. Du moins, il la trouva plus facile. Le wigwam était toujours aussi sale, la viande aussi sanguinolente, et ses genoux aussi écorchés, mais il n'y pensait plus. C'était sa vie. Si elle était dure, elle réservait également de grands plaisirs et... de petites satisfactions.

Comme celle-ci.

La veille, Chiwat l'avait averti :

— Tu sais monter à cheval, c'est bon. Maintenant, on va chasser. Je vais t'apprendre à tirer à l'arc.

Herman avait ouvert la bouche pour faire une remarque, puis l'avait refermée, et l'adolescent n'avait pas vu qu'il cachait un sourire. Il n'allait pas se priver d'une telle revanche.

Ils s'en allèrent dans le bois de peuplier, des arcs de débutant à la main – un nerf de bison tendu sur une simple baguette.

— On va commencer par un gibier facile, expliqua Chiwat. Les porcs-épics sont lents – et délicieux, mitonnés sur les braises. Ils ont des terriers dans ce coin. N'essaie pas de tirer de trop loin, surtout. Je n'ai pas envie de courir partout récupérer les flèches perdues.

— Promis ! répondit gaiement Herman tout en imitant Chiwat qui s'accroupissait au milieu d'un buisson.

Ils n'eurent pas à attendre longtemps. Sur la butte de terre qui leur faisait face, à une vingtaine de pas devant eux, un point noir apparut. Un museau. Ils se retinrent de respirer tandis qu'il sortait du trou la tête, puis le corps, ses immenses piquants noir et blanc se redressant au fur et à mesure qu'il s'extrayait de sous la terre. L'animal s'avançait, pataud, tranquille, se croyant bien protégé par son armure.

— Vas-y maintenant ! lança Chiwat.

Aussi tranquille que le porc-épic, Herman se releva, banda son arc, visa longuement.

— Dépêche-toi, s'énerva Chiwat. Ce n'est pas grave si tu le rates.

Sans se laisser impressionner, Herman suivit l'animal du regard, puis décocha sa flèche.

Shlack ! L'animal frappé en pleine tête s'écroula sur place.

Chiwat restait stupide, incapable de proférer un son.

— J'ai préféré le tuer du premier coup, dit Herman négligemment, comme ça, tu n'as pas à courir partout.

— Tu... Tu...

— Quoi ? demanda Herman, feignant l'étonnement. Ce n'est pas bien ?

— Tu sais tirer à l'arc ?

— Un peu. J'y jouais parfois, avec ma grande sœur.

— Jouais ?

— Mmh.

Bien sûr, Herman oublia de lui préciser que, dans les fermes pauvres du Texas, les enfants blancs apprenaient à chasser – à la fronde, à l'arc, au fusil – avant même de savoir écrire. Inutile d'en informer Chiwat, après tout. C'était de bonne guerre.

Vaguement vexé, l'adolescent ramassa le gibier et entraîna son apprenti plus loin vers le bois. Il lui montra une cible, puis une autre... Chaque fois, Herman faisait mouche. Et s'offrit même le plaisir d'arrêter d'une flèche bien placée la course d'un serpent à sonnette qui se faufilait entre les buissons.

— Tu es un tireur incroyable ! commenta Chiwat en soulevant l'animal embroché.

— Ne sois pas triste, dit Herman d'un ton protecteur. Je t'apprendrai, si tu es gentil.

Il aurait dû se méfier. L'adolescent n'allait pas se laisser battre sur son terrain si facilement.

— Bon, c'est terminé pour l'arc, dit-il. On va passer au bouclier.

— Le bouclier, ça s'apprend ?

— Il vaut mieux.

— Il suffit de se protéger avec, non ?

— Oui, il suffit de se protéger avec, répéta Chiwat sans autre commentaire.

Herman haussa les épaules. Ça ira vite, pensait-il.

— Pour commencer, dit Chiwat, tu vas fabriquer ton bouclier toi-même.

La première leçon se déroula donc devant un bœuf mort que Shida Shizé était en train de découper pour en tirer des lanières de viande qu'elle mettrait à sécher.

— Regarde bien, expliqua Chiwat en se penchant sur la carcasse. D'abord, il faut prendre la peau d'un vieux mâle, bien épaisse. Et tu coupes un grand rond dedans, comme ça. Maintenant, tu mets ça dans le feu, hop...

Un crépitement accompagna son geste tandis que la peau se contractait au milieu des flammes du foyer.

— Vite, retire-la avant qu'elle ne brûle !

— Aïe ! cria Herman en attrapant du bout des doigts la chose informe et puante. Ça fait mal !

— Et alors ?

Herman pinça les lèvres, vexé. Il avait failli oublier qu'un Apache ne dit jamais « aïe ». Comme s'il ne sentait rien, il prit la peau à pleine main.

— Maintenant, continuait Chiwat, tu vas lisser un des deux côtés. Tiens, prends cette pierre.

Ça, Herman savait le faire. Il avait déjà passé des heures à racler les peaux, dans sa vie d'esclave. Il s'accroupit et, armé de l'outil improvisé, se mit au travail. Il transpirait, se brûlait, et grimaçait de douleur, mais ne disait pas un mot. Quand son œuvre lui parut présentable, il la tendit à Chiwat.

— Non, mieux que ça ! s'énerva l'adolescent. Regarde, elle est encore raide et rugueuse. Elle doit devenir aussi douce qu'une peau de bébé. Tiens, frotte avec ce caillou poli, maintenant.

Herman fit la moue. Une peau de bébé ? Chez les Apaches, même les bébés ont la peau dure, pensait-il. Mais il ne dit rien. Sans protester, il reprit le travail en essayant d'oublier les ampoules qui lui venaient sur les paumes. Il fallut encore une demi-journée pour que Chiwat examine avec satisfaction le futur bouclier.

— Bon, c'est presque fini, dit-il. Regarde, avec des branches souples du caryer, on fait un cerceau, comme ça, on le courbe en forme de panier plat... Puis la peau est tendue par-dessus et attachée sur les bords avec des nerfs de bœuf. Voilà... maintenant, il suffit de mettre le bouclier à sécher.

Plusieurs jours plus tard, Chiwat et Herman revinrent examiner le bouclier. L'adolescent se pencha sur la peau, la caressa, la tapota, puis se recula, ramassa une pierre et la lança de toutes ses forces.

— Hé, tu vas l'abîmer ! s'indigna Herman, qui n'oubliait pas le temps passé ni ses ampoules aux mains.

— C'est un bouclier, dit Chiwat en riant, pas une robe brodée. Si ma pierre l'abîmait, il faudrait immédiatement le jeter aux ordures. Mais regarde : il est intact : la peau a tellement durci qu'elle peut tout arrêter.

L'adolescent décrocha un à un les liens qui rete-
naient la peau au cerceau, et tendit le bouclier au
garçon blanc.

— Tiens.

Aussitôt, Herman pressa contre lui son bien et
prit la pose : un pied en arrière, les genoux pliés,
les poings serrés, la mâchoire crispée, avec ce qu'il
pensait être l'air d'un guerrier au combat.

— Et voilà le travail !

— Pas tout à fait encore.

Au sourire de Chiwat, Herman devina que la
suite allait être mouvementée.

Un moment plus tard, côte à côte avec d'autres
jeunes candidats de son âge, il se tenait face à
cinq guerriers chevronnés, tous armés d'arc et de
flèches.

— Tu as compris ? demanda Chiwat.

— Oui, c'est simple, je lève mon bouclier pour
arrêter les flèches.

Simple à dire, mais à faire... Herman commençait à s'inquiéter.

— Ne te fais pas trop de souci, le rassura
Chiwat. Les flèches sont arrondies du bout, très
douces. C'est juste pour s'exercer.

Très douces ? La première arriva si vite que
Herman n'eut même pas le temps de penser à se

protéger ; elle s'écrasa sur son épaule, y laissant un cercle cuisant. Bien sûr, inutile de protester. Il fallait se préparer pour le prochain projectile... qui fusa tout aussi vite que le premier – et atterrit sur la cuisse, cette fois, car Herman avait levé son bouclier trop haut. La troisième flèche partait déjà.

Rude journée ! Pas pour les guerriers, qui s'amusaient bien et se relayaient pour tirer sur les plus jeunes, mais pour les apprentis, qui avaient bien du mal à ajuster leurs mouvements.

Ce ne fut qu'au coucher du soleil que Herman put se réfugier dans le wigwam où Shida Shizé et Eti l'attendaient avec leurs pommades.

— C'est joli, tous ces petits ronds rouge et bleu qu'ils t'ont dessinés sur le corps, s'amusa la mère adoptive en massant avec précaution les traces d'impact.

Herman se contenta de grogner. Il avait du mal à s'y faire. Pendant si longtemps il avait pensé que les mamans étaient des créatures disposées à s'inquiéter du moindre bobo de leur enfant. Il se demandait maintenant si les mères apaches s'inquiétaient jamais de rien d'autre que du gibier qu'elles auraient à cuisiner le soir.

Eti se montra plus efficace.

— Demain, voilà ce que tu dois faire...

— Demain ! coupa Herman. On recommence demain ? Oh non !

— Oh si, si, si ! chantonna Shida Shizé en massant les épaules du garçon. Mon fils doit être digne de son père adoptif, le chef Carnoviste. Il doit devenir un grand guerrier. « *Djiguna bija de ya, indí*... Soleil, regarde, mon enfant est brave, on me l'a dit... »

— Écoute-moi, reprit Eti, voilà ce que tu dois faire...

Elle s'interrompit et se pencha vers l'oreille du garçon comme si elle craignait qu'on ne l'écoute.

— C'est un secret ? demanda Herman.

— Oui, chuchota Eti. C'est de la magie.

— De la magie ? Tu es sorcière ?

— Oh non ! tout le monde peut faire de la magie. Il suffit d'écouter ses rêves.

Herman regardait Eti, soudain passionné. De la magie ? Des rêves ? Ça alors !

— Cette nuit, poursuivait Eti, il faut que tu rêves que tu es une flèche, que tout ton corps est contenu dans la flèche. Puis rêve que tu es le bouclier ; le bouclier et la flèche ne font qu'un, chacun est la moitié de l'autre. Demain, quand tu te réveilleras, tu auras le pouvoir de diriger toi-même la flèche et le bouclier, auquel elle appartient. Tu comprends ?

Herman n'était pas sûr de comprendre, mais Eti était si persuasive. À peine fut-il couché sur la peau de bison qui lui servait de sac de couchage qu'il se mit à l'exercice. Il ferma les yeux, forma dans sa tête l'image d'une flèche... mais l'instant suivant, il dormait déjà, profondément, et sans faire aucun rêve.

Le lendemain, il se retrouva de nouveau en ligne, face aux guerriers, qui semblaient tout aussi hilares que la veille, plaisantant sur les débutants, se bousculant, chahutant comme des gamins. Sauf que, cette fois, il y en avait un qui ne s'amusait pas. Il restait planté sur ses pieds, sinistre, droit devant le garçon blanc. Herman le reconnut. Il avait troqué sa cagoule pour un arc immense. Derrière la corde verticale, le trait de sa bouche mince formait comme une croix et ses yeux couleur de plomb fixaient le garçon blanc. Aussitôt, sans magie aucune, Herman fut certain que le premier coup viendrait de ce côté-là.

« Je suis sa flèche, s'efforça-t-il de penser, soudain convaincu que sa vie était en jeu. Je suis sa flèche et je suis le bouclier... Viens par ici, flèche ! »

Shlack ! Ça y était, l'homme aux yeux de plomb avait tiré avant les autres, mais Herman avait prévu le tir et la flèche était plantée dans son bouclier. Ouf !

Plantée ?

— Qu'est-ce que c'est que ça ? s'exclama Chiwat, comment cette flèche a pu transpercer le bouclier... ?

On ne pouvait en douter. La flèche avait bel et bien déchiré la peau durcie du bouclier, et sa pointe ressortait de l'autre côté à deux doigts de sa poitrine.

Les exclamations fusaient de toutes parts. On entoura le garçon blanc ; la flèche n'était pas émoussée, c'était une vraie flèche de guerrier, faite d'une pierre taillée de tout petits éclats jusqu'à être bien aiguisée.

Chiwat tourna son regard vers le tireur sans un mot.

L'homme n'avait pas bougé. D'un regard dur, il toisait les guerriers resserrés autour de lui, l'un après l'autre.

— Je ne joue pas, dit-il. J'obéis aux esprits.

Puis il fit demi-tour et s'éloigna d'un pas lourd.

Un silence consterné régnait sur le groupe.

— Il a le droit de faire ça ? chuchota Herman.

Pour la première fois, il vit Chiwat baisser les yeux, gêné.

— Il a tous les droits. Il est sacré. C'est un shaman ; il parle avec les esprits. On ne peut rien
lui dire ; autrement, il pourrait lancer des sorts.

— Pourquoi est-il venu tirer sur moi, particulièrement ?

— Ça ne lui plaît pas que nous élevions des
enfants blancs pour en faire des Indiens.

— Il aurait voulu que je reste un esclave ?

— Non. Il aurait voulu qu'on te tue. Il dit qu'il
faut supprimer tous les captifs.

Herman avala sa salive. Lui qui commençait à
se prendre pour un vrai Apache... Heureusement,
Chiwat et les autres semblaient tous d'accord
pour condamner l'attentat. Autant jouer les indif-
férents.

Il montra la pointe de flèche qui dépassait de
la peau de bœuf durcie.

— Je n'ai plus qu'à me faire un nouveau bouclier, hein ? Et plus solide !

Chiwat lui donna une bourrade dans le dos.

— Tu comprends vite, garçon blanc ! Un jour,
je te le promets, tu seras un guerrier.

7

Le jour où Herman devint un vrai guerrier arriva enfin... Seulement, ce ne fut pas de la manière qu'il imaginait.

Il y avait plus de deux ans que le fils des fermiers Lehman vivait chez les Apaches, mais qui se souciait des anniversaires, dans le campement de Carnoviste ? Le temps se comptait en lunes et en saisons, et les seuls événements importants étaient la naissance et la mort, la chasse, les fêtes et les raids... surtout les raids. Toute la vie du clan de Carnoviste tournait autour de ces deux moments : le départ des guerriers pour le raid, et leur retour. Herman savait cela, mais pas encore ce que le mot signifiait.

Un soir, alors que Chiwat et lui revenaient du bois de peupliers après une nouvelle épreuve de bouclier, Herman fit remarquer :

— Tu as vu ? J'ai arrêté toutes les flèches, aujourd'hui.

— Oui, il est temps que tu viennes avec nous en raid.

Herman n'en croyait pas ses oreilles. Il eut un grand sourire.

— Tu as dit « raid » ?

L'Apache fit un geste vers l'horizon.

— Demain, Carnoviste nous emmène avec lui voler des chevaux aux Visages pâles.

Le sourire de Herman s'effaça. Voler des chevaux ? À des Visages pâles ? C'était ça, un raid ? Jamais il n'y avait pensé. Depuis le temps, il avait complètement oublié les visages de sa mère, de sa sœur, de son frère, mais il se rappelait tout de même qu'ils étaient « pâles ». Et que, chez eux, voler, c'était mal. Et puis, c'était dangereux – les fermiers avaient tous des fusils, et ils savaient s'en servir. Mais s'il refusait, il redeviendrait un esclave, et peut-être même serait-il tué, comme le demandait le shaman. Danger pour danger...

— D'accord, dit-il, la mort dans l'âme.

Le lendemain, les Apaches partirent avant l'aube.

Eti et Shida Shizé avaient préparé Herman pour l'occasion – une grande occasion. Elles lui avaient peint le visage d'un trait blanc, mis un bandeau autour du front...

— Ne crains rien, lui dit Eti en glissant une plume d'aigle dans ses cheveux longs, je vais emporter ma magie pour te rendre invulnérable.

— Comment ça ? Tu viens avec nous ?

— Bien sûr ! Shida Shizé veut que je veille sur toi...

Herman esquissa un sourire de gratitude – si Eti venait, ça ne pouvait pas être bien dangereux. Mais Eti reprit :

— ... et Carnoviste m'emmène toujours quand il veut voler des chevaux.

Herman dévisagea la jeune fille, toujours aussi jolie et aussi sage.

— Tu voles les chevaux, toi ?

Eti pouffa, une main devant la bouche.

— Non, mais je sais comment les apaiser. Ça peut être utile.

— Et les Visages pâles, tu sais les apaiser ?

— Ah non, ceux-là, ils sont nos ennemis, et nous sommes leurs ennemis. Rien ne les apaise.

Herman étouffa un gémissement consterné. Voilà qui était clair ; il ne lui restait plus qu'à compter sur la magie d'Eti.

Le groupe de guerriers cheminait sans un mot, sans un bruit. Loin derrière Chiwat et Eti, Herman traînait sur son poney maigrichon dans l'espoir qu'on le laisserait à l'écart au moment d'attaquer – après tout, il était encore si jeune !

Espoir déçu.

Ils s'arrêtèrent quand le soleil pointa sur l'horizon. Devant eux, il y avait un ranch, une ferme bien plus grande que celle de la famille Lehman. Des barrières en bois couraient autour d'une prairie où paissaient des mules, des chevaux, des vaches.

Herman en avait la gorge sèche.

« Et si je courais jusqu'à la maison ? se demanda-t-il. Ça réglerait le problème. » Sauf qu'il n'avait plus du tout envie de retourner dans le monde des Visages pâles. Il voulait juste continuer à tirer à l'arc et galoper avec Chiwat, mais sans faire du mal aux autres, sans devenir un brigand. Il remuait toutes ces pensées quand Carnoviste se tourna vers lui.

— Vas-y.

— Hein ?

— Va voler.

— Voler quoi ?

Carnoviste tendit la main, et Herman aperçut dans les lueurs de l'aube un grand cheval noir qui broutait tranquillement, attaché à un piquet.

— Quoi, moi ? Tout seul ?

— Oui, toi, tout seul, c'est ce que font les vrais guerriers. Ils se battent seuls.

Herman prit une grande inspiration. C'était la dernière épreuve, la plus terrible. Et Carnoviste le surveillait de si près qu'il n'avait qu'un seul choix : soit il volait le cheval, soit il courait à toutes jambes vers la maison – et alors que se passerait-il ? Le cheval était là, immense... Carnoviste et Chiwat regardaient le garçon blanc. Herman réfléchit une dernière fois, très vite. Il ne connaissait pas ces fermiers. Et puis, il ne voulait pas décevoir Chiwat.

Sa décision était prise.

Il franchit la barrière, s'approcha du cheval le dos baissé, à pas légers. Du coin de l'œil, il devina un autre animal derrière un arbre, à côté du cheval, mais s'empêcha de regarder pour rester concentré. Il avança jusqu'au piquet, défit le nœud. Au moment où il s'apprêtait à faire demi-tour en tirant le cheval derrière lui, une masse hurlante jaillit de la pénombre. Un chien ! un énorme chien qui lui fonçait dessus. Il n'y avait plus rien à faire que de courir. Mais Herman avait peur de revenir vers Carnoviste les mains vides. Le cheval noir l'empêcha de se poser la question. Effrayé par le chien, il se mit à piaffer, puis partit au galop, droit sur Herman.

— Hé, pas sans moi ! lança le garçon.

C'était maintenant ou jamais. Il attrapa la crinière au moment où le cheval passait devant lui, poussa sur son pied droit, et se trouva agrippé tant bien que mal le long du flanc de l'animal, qui rua de colère. Le cheval était immense – deux fois plus haut que le poney cagneux, se dit Herman, mais lui était léger, musclé, et il jouait sa vie. Il réussit à se hisser sur le dos de sa monture sans relâcher son étreinte, jambes et bras tétanisés. Il entendait les aboiements se déchaîner tandis que le cheval s'emballait, toujours plus rapide.

Bien sûr, la scène avait été trop bruyante pour passer inaperçue. Une lanterne s'alluma, du côté de la maison de bois, puis un homme sortit sur le porche, armé d'un long fusil.

— Saleté d'Indien ! hurla le fermier en mettant son arme en joue.

Instinctivement, Herman s'aplatit sur l'encolure. Une balle siffla dans l'air, et le garçon pensa : « Saleté de Visage pâle ! »

Par chance, le cheval était rapide comme le vent – et peut-être la magie d'Eti agissait-elle ? Le temps que l'homme recharge sa pétoire, le voleur et sa prise étaient loin. L'écho des injures faiblissait dans le lointain :

— Saleté d'Indiens ! J'aurai vot'peau ! À tous ! Je vous...

Herman n'entendit pas la suite. Il se sentait soulevé dans les airs, il voyait au-dessous de lui la barrière... Déjà le cheval était de l'autre côté ; il traversa le groupe des Apaches qui attendaient, fila dans la plaine...

« Jusqu'où va-t-il aller ? » se demanda Herman toujours accroché à sa monture comme une araignée.

Était-ce parce qu'on n'entendait plus les aboiements du chien ? Ou parce qu'il ne sentait plus le poids du garçon ? Toujours est-il que le cheval noir se trouva vite fatigué de galoper. Il se mit au trot, puis au pas, et Herman put se redresser sur son dos, essoufflé mais soulagé, tandis que sa monture se mettait à boire tranquillement dans une flaque d'eau. Même quand le groupe de guerriers arriva derrière lui, il ne bougea pas.

Chiwat regarda son élève, inquiet :

— Tu n'as rien ?

Herman secoua la tête. Il était soulagé mais furieux.

— Tu te rends compte ? Il m'a tiré dessus !

— Bien sûr ! s'amusa Chiwat, c'est un Visage pâle. Les Visages pâles tirent sur les Indiens. Et tu es un Indien.

Herman resta un moment silencieux. Il regardait son reflet dans la flaque d'eau : les cheveux emmêlés et serrés sur le front dans un bandeau, les jambes nues marquées de cicatrices, tannées par le soleil, chaussées de hauts mocassins... Si, au lieu de voler le cheval, il avait couru vers la maison de bois, le fermier lui aurait tiré dessus tout pareil, parce qu'il aurait eu peur de lui. « Tu es un Indien, tu es un Indien... », se répétait-il.

Perdu dans ses pensées, Herman n'avait pas vu venir Eti. Elle était devant le nez du grand cheval noir, dont elle flattait l'encolure d'un geste rassurant.

— Il est très beau ! dit-elle, admirative. Grand, solide, nerveux... Bonne prise. – Elle ajouta, le regard pétillant de gaieté : Tu en as de la chance...

— De la chance ? s'étonna le garçon en sortant de sa rêverie. Pourquoi ?

— Parce qu'il est à toi, maintenant.

Herman en resta muet. Carnoviste arrivait à son tour, qui confirma :

— Il faut un bon cheval pour un bon guerrier.

— Un bon... ?

Chiwat le tira brusquement par la jambe pour le faire tomber.

— Hé ! Tu es sourd ? Carnoviste dit que tu es un guerrier, maintenant.

Herman se releva, plus choqué par l'émotion que par la chute. Le vieux chef lui mit les mains sur les épaules et reprit lentement :

— Tu es un guerrier de la tribu des Mescaleros. Ton nom est maintenant En Da[1] – « garçon blanc ».

Cette fois, Herman comprit la gravité du moment. Il n'avait pas quinze ans et il était un guerrier apache. Il en rougissait d'orgueil. Pour un peu, il aurait embrassé son père adoptif, mais il se retint. Il était sûr que ça ne se faisait pas, chez les guerriers apaches.

Heureusement, Eti était là pour sauver sa dignité. Sans s'attarder en solennités, elle avait sauté sur son cheval gris.

— Qui me rattrape, maintenant ? criait-elle. Cheval-noir ou Cheval-blanc ?

Déjà elle filait à travers la plaine, bientôt suivie par les deux garçons qui hurlaient de joie.

---

1. Prononcer Enneda.

2.
LE RETOUR

1

*La fin de l'histoire de Herman se déroule
à une dizaine de jours de cheval de la ferme
des Lehman, dans les environs de la vallée
de San Saba, au mois de mai 1879.*

Combien de temps avait passé depuis son enlèvement ? Herman n'aurait pu répondre. Il avait oublié son nom, il avait oublié sa langue natale, il avait oublié ses frères et sœurs. Il avait même oublié qu'il avait eu une autre mère, avant. Il raffolait du foie cru, et il était le meilleur voleur de chevaux de tout le clan. Quand on lui demandait qui il était, il répondait : « En Da », et il était fier de préciser qu'il était le fils du grand chef Carnoviste et de sa femme Shida Shizé.

En Da pensait qu'il resterait toute sa vie chez les Apaches. Il se trompait.

Ce jour-là, Chiwat et En Da cheminaient dans la plaine avec un groupe de guerriers commandés par Carnoviste. Le printemps était revenu, l'air était doux, la plaine fleurie, les ruisseaux gorgés d'eau claire. Les deux garçons étaient heureux. Le groupe de guerriers était parti voler des chevaux, du côté de la vallée de San Saba, et le raid avait été profitable : ils ramenaient avec eux plus de quarante poneys grassouillets.

Chiwat et En Da étaient éclaireurs. Leur mission était de marcher loin en avant ou en arrière, pour surveiller si la route était libre et s'ils n'étaient pas suivis. En Da montait Cheval-noir. Habillé de sa tunique de peau de cerf, les jambes nues sous le pagne, les cheveux longs jusqu'aux épaules tenus par un large bandeau, les bras ceints d'un cordon rouge que seuls les vrais guerriers ont le droit de porter, il était beau. Son unique regret était d'avoir les yeux bleus – cela seul le distinguait de ses amis apaches. Il ne se rendait pas compte que, pour les jeunes squaws, cette particularité ajoutait à son charme. Quand il traversait le campement, elles le regardaient par en dessous en souriant.

Chiwat pouvait être fier de son travail de professeur, et il ne manquait jamais une occasion de le rappeler.

— Quand je pense que tu n'étais qu'un gringalet blanc comme la craie et incapable de tenir à cheval le temps d'un soupir ! dit-il en passant au plus près d'En Da pour lui pincer la joue.

— Ne recommence pas ou je te fais avaler ta plume d'aigle !

En même temps, pour mieux démontrer qu'il tenait maintenant très bien à cheval, En Da cabrait sa monture – Cheval-noir ne demandait pas mieux ; dressé sur ses postérieurs, il battait l'air de ses deux sabots libres comme s'il dansait.

— Vous êtes aussi cabotins l'un que l'autre ! railla Chiwat.

Le cavalier et sa monture firent encore un tour sur eux-mêmes pour mieux se faire admirer, puis En Da se pencha pour chuchoter un merci à Cheval-noir, dont les oreilles bougèrent poliment pour dire : « Je t'en prie, c'est un plaisir. » Quand ils reprirent leur pas, ils avaient tous les deux, dans les yeux, le même air de défi.

Mais il en fallait plus à Chiwat pour lui faire passer son envie de s'amuser. Il continua sur le même ton faussement protecteur :

— Un beau garçon comme ça, il va falloir en faire quelque chose... Devine quoi, garçon blanc, j'ai entendu Carnoviste parler de mariage pour toi. Il est temps, tu sais ?

En Da savait très bien se défendre contre son aîné, à présent, et pas seulement avec ses poings. Un sourire diabolique s'étira sur ses lèvres.

— Me marier ? susurra-t-il. D'accord. Je veux bien. Pourquoi pas avec Eti ? Depuis le temps qu'elle me fait les yeux doux.

La réaction ne se fit pas attendre.

— Eti ? Se marier avec un bébé ? Tu veux rire ?

En Da leva le bras pour faire jouer ses muscles sous le cordon rouge du guerrier.

— Un bébé ? Tu es sûr ?

— Un grand bébé, oui ! (L'énervement de Chiwat augmentait à vue d'œil.) On peut être un fort gaillard et rester bête comme un nouveau-né, dans sa tête.

En Da ne se laissait pas démonter. Il posa un doigt sur sa bouche et reprit, songeur :

— Pourtant, quand elle me masse les épaules, le soir, il me semble qu'elle...

— Hé ! coupa Chiwat, maintenant hors de lui. Ne t'emballe pas ! Eti n'est pas du genre à se laisser séduire par les muscles. C'est une fille de chef et une sœur de chef. Elle cherche un homme intelligent, capable de gouverner son peuple, et...

— Ah ? C'est dommage pour toi.

C'en était trop. Brusquement, l'Apache sauta de son cheval sur celui d'En Da, qu'il renversa d'un seul mouvement. Les deux garçons roulèrent sur le sol sans se préoccuper des cailloux ni des épines. C'était un jeu dont ils ne se lassaient pas. En Da répondait mollement aux coups de son aîné tout en riant aux éclats – il connaissait si bien son point faible ! Mais, cette fois, la colère de Chiwat était irrépressible, et peut-être serait-il devenu méchant si un bruit ne l'avait arrêté net.

Il resta le poing en l'air, aux aguets.

— Tu entends ?

En Da cessa de rire et tendit l'oreille. Une rumeur emplissait le silence, en effet. Elle était lointaine, mais distincte – des voix. Les deux garçons retrouvèrent aussitôt leurs réflexes d'Apaches en raid. Se relevant en silence, ils prirent leurs montures par la bride et les cachèrent dans un creux entre deux hautes roches. Puis ils se dirigèrent, le dos et les genoux fléchis, jusqu'à l'endroit d'où provenait le bruit, et se retrouvèrent bientôt au bord d'un étroit vallon. Allongés à même le sol, ils virent ainsi en dessous d'eux passer des hommes à cheval. Des Visages pâles.

En Da eut un mouvement de recul. Il n'avait peur de rien, sauf des Visages pâles. Il leur avait volé tant de chevaux ! « Ils te tueront, s'ils t'attrapent », disait Carnoviste. En Da n'en doutait pas.

Chiwat restait allongé à regarder la scène. Un moment passa, puis En Da risqua un regard – la curiosité était la plus forte. Ces Visages pâles-là ne ressemblaient pas aux fermiers ni aux cow-boys qui gardaient les troupeaux.

— Regarde leurs armes, chuchota Chiwat.

En Da observa longuement les étrangers qui défilaient dans le vallon. Tous portaient un cha-peau à larges bords, un ceinturon de cuir et un gros médaillon épinglé sur leur chemise. Mais c'était surtout leurs fusils qui attiraient l'attention. Ils étaient plus fins, plus courts que ceux que les Apaches connaissaient. Les deux jeunes guerriers ne savaient pas qui étaient ces hommes, mais ils devinaient qu'ils étaient dangereux, bien plus dangereux que des fermiers.

En Da les compta. Ils étaient dix. Puis il montra celui qui marchait en queue.

— Lui, ce n'est pas un Visage pâle, chuchota-t-il.

L'homme, en effet, avait la peau foncée et les cheveux partagés en deux longues nattes dans les-quelles étaient passées des plumes d'aigle. Il avan-çait à l'écart, comme s'il souhaitait rester seul tout en suivant les autres.

— Un Comanche ! s'étonna Chiwat.

— Un guide ? demanda En Da.

Il savait que des Indiens passaient parfois au service des Visages pâles pour gagner leur vie.

Chiwat eut une moue de doute.

— Je n'ai pas l'impression... Il marche à l'arrière.

— Un traître, en tout cas.

— Impossible. Les Comanches ne sont pas des traîtres. Ce sont de grands guerriers. Ils ont été longtemps nos ennemis, mais maintenant, ils sont nos alliés contre les Visages pâles.

— Pas celui-là. Autrement, il serait avec nous, pas en train de suivre notre piste.

Chiwat ne trouva rien à répondre, et resta un moment à surveiller les étrangers. Sur la terre meuble, on voyait nettement le piétinement des quarante poneys qui étaient passés là le matin même, conduits par les Apaches.

— Tu as raison, murmura enfin Chiwat. Ce sont nos traces qu'ils suivent. Ils nous traquent.

— Vite ! lança En Da dans un souffle. Il faut aller prévenir Carnoviste !

Un instant plus tard, les deux jeunes guerriers galopaient à perdre haleine vers leurs compagnons de raid.

Carnoviste écouta leur récit, les sourcils froncés. Quand En Da et Chiwat eurent fini, il s'étonna :

— Un Comanche était avec eux ?

— Oui. Pas un guide, un guerrier.

Le vieux chef commenta, songeur :

— J'ai entendu dire que Quanah avait signé la paix avec les Visages pâles.

— Quanah ? Qui est-ce ? demanda En Da.

— Le plus grand chef comanche. Quand son clan a été vaincu par les Visages pâles, il a rallié le clan des Kawadi pour continuer à se battre. Il a près de mille guerriers avec lui, dit-on.

— Alors pourquoi a-t-il signé la paix ?

— Je ne sais pas. On m'a dit aussi qu'on lui avait donné des terres, en Oklahoma. Je ne l'ai pas cru...

— Apparemment, il faut le croire ; ce Comanche accompagnait les Visages pâles, et les Visages pâles sont sur notre piste.

— Et avec nos quarante poneys, insista En Da, nous ne sommes pas discrets !

Carnoviste ne répondit pas. Pour la première fois, En Da le voyait mal assuré, hésitant. Ce fut Chiwat qui réagit le premier :

— Nous ne sommes pas discrets, dit-il en partant au trot, mais nous sommes plus rapides qu'eux. Nous sommes capables de marcher le jour et la nuit sans nous arrêter, et cela, ils ne le savent pas. Il faut partir tout de suite.

— Pourquoi les fuir ? s'étonna En Da, ils ne sont que dix, et nous sommes onze !

Carnoviste secoua la tête.

— Chiwat a raison. Il faut toujours éviter une bataille quand c'est possible.

— Mais...

Sans plus écouter son fils adoptif, Carnoviste fit un geste de la main.

Aussitôt, les guerriers accélérèrent l'allure et se dispersèrent dans la plaine tout en encadrant les poneys. Une longue poursuite commençait.

Trois jours plus tard, ils étaient toujours en fuite. Ils ne dormaient pas. Ils ne mangeaient pas non plus, ou presque pas – une seule fois, ils s'étaient arrêtés le temps de dévorer cru une antilocapre qui avait eu le malheur de croiser leur route.

En Da supportait bien la faim. Son corps fin était habitué depuis longtemps aux privations. En revanche, il continuait à aimer dormir. « Le meilleur moment de la journée ! » pensait-il chaque soir en s'allongeant dans le wigwam après avoir passé des heures à chasser le daim ou à dompter un cheval. Il se vantait de résister à tout – à condition de pouvoir trouver un sommeil réparateur.

Or, cette fois, il n'en était pas question. À peine les Apaches se contentaient-ils de somnoler assis sur leur selle, le menton sur la poitrine, laissant à leur monture le soin de trouver son chemin dans la nuit. Mais dès qu'un ralentissement se faisait sentir, ils se redressaient et serraient les jambes pour que l'animal reprenne son allure, vaille que vaille.

Pour En Da, c'était encore pire que de ne pas dormir du tout ; aussi s'efforçait-il de ne jamais fermer les paupières.

Cependant, la nature était la plus forte. La troisième nuit, à l'aube, il s'endormit, oubliant tout, le raid, les poneys, les Visages pâles. Il était en train de glisser sur le flanc de Cheval-noir quand il sentit un coup de poing dans ses côtes. Il sursauta.

— Eh ! quoi ?

— Attention ! chuchota Chiwat, tu tombes !

En Da secoua la tête, vexé.

— Moi, pas du tout !

Sans répondre, Chiwat se rapprocha jusqu'à ce que sa jambe touche celle de son ami. En Da grogna :

— Pas la peine, je ne suis plus un gamin ! Si je tombe, je remonterai, voilà tout.

La voix de Chiwat se fit plus basse encore.

— Si tu tombes, celui-là, derrière, ne te laissera pas remonter à cheval.

Ce n'était qu'un murmure, mais En Da sentit l'urgence de l'avertissement.

— Derrière ?

Il se retourna. Dans l'ombre, en queue de colonne, on voyait se découper la silhouette d'une énorme coiffure en forme de tête de bison. Le shaman.

— Si tu tombes, insista Chiwat, il dira que tu n'es pas digne d'être un guerrier apache. Et il en profitera pour t'abattre.

En Da eut un haut-le-cœur. Malgré le temps passé et tous ses efforts, il n'avait pas réussi à gagner le cœur de cet homme aux yeux en balles de fusil.

— Je me demande vraiment pourquoi il me hait à ce point.

— Il hait tous les Visages pâles.

— Moi aussi je hais les Visages pâles.

En Da pensait ce qu'il disait, pourtant Chiwat restait silencieux, comme s'il n'était pas convaincu.

— Tu ne me crois pas ?

— Tu les as beaucoup volés, mais...

Sans doute allait-il dire : « ... tu ne peux pas les haïr autant qu'un vrai Apache. » Il préféra se taire, pour ne pas blesser En Da, qui avait tant fait pour être digne de lui.

— Ce n'est pas grave, laissa-t-il tomber. Je te protège.

En Da n'avait rien à ajouter. Chiwat ne parlait pas à la légère, et il le sentait jusque dans la moelle de ses os. Depuis toutes ces années qu'ils avaient passées ensemble, ils étaient devenus plus encore que des amis, des frères.

Deux jours passèrent ; les Indiens marchaient toujours. Ce ne fut que le sixième matin que Carnoviste donna enfin l'ordre de s'arrêter. Les guerriers démontèrent, dessellèrent et s'allongèrent dans un bosquet de catalpas.

Cependant, même au repos, ils restaient aux aguets. Aussi entendirent-ils tous en même temps le crissement des herbes sous des pas inconnus, dans le sous-bois ; et tous posèrent la main sur leurs poignards, prêts à bondir...

La vue de ces onze guerriers armés avait de quoi terrifier. Aussi l'homme qui apparut soudain au milieu d'eux s'arrêta brusquement en levant les mains.

— Oooh ! cria-t-il. Du calme ! Paix !

C'était un Indien. Il avait la peau tannée et de longues nattes.

— Le Comanche ! s'exclama Chiwat.

Aussitôt, les Apaches rentrèrent leurs armes. Sauf En Da, qui fouillait le sous-bois du regard.

— S'il est là, dit-il, c'est que les Visages pâles arrivent. Il était avec eux !

Les armes sortirent à nouveau.

— Non ! s'écria le Comanche. Je suis seul.

Carnoviste s'approcha de lui.

— Et pourquoi es-tu là ? Qui es-tu ?

— Je suis envoyé par Quanah.

Un murmure se fit parmi les guerriers. Le shaman approcha à son tour, et toisa l'inconnu.

— Quanah n'aurait pas envoyé un de ses guerriers nous trahir !

Le Comanche fit un large geste de ses deux bras en signe d'apaisement.

— Je ne vous trahis pas. Je viens vous aider.

— En conduisant les Visages pâles jusqu'à nous ?

— Les Visages pâles sont de toute façon sur votre piste. Je ne fais que les suivre.

Le shaman eut un geste de mépris.

— Impossible. Les Visages pâles ne savent pas suivre une piste. Nous aurions dû les semer depuis longtemps. C'est que tu les as aidés.

Le Comanche secoua lentement la tête sans perdre son calme.

— Non, je ne les ai pas aidés. Vous ne comprenez pas ? Ce ne sont pas des Visages pâles comme les autres. Ce sont des Texas Rangers.

Comme les Apaches ne réagissaient pas, il dut expliquer :

— Des hommes recrutés spécialement pour se battre contre les Indiens, contre tous les Indiens des Plaines du Sud, les Comanches, les Cheyennes du Sud, les Kiowas, les Apaches... Ils sont capables de marcher aussi vite que nous, et...

— Impossible, répéta le shaman. Aucun Visage pâle ne peut rester six heures sans manger. Et tu dis qu'ils ont marché derrière nous depuis cinq jours ?

— Oui. Nous apprenons leurs manières, ils apprennent les nôtres. (Il s'interrompit et tendit le bras vers la lisière du sous-bois avant de poursuivre :) Ils sont à une heure de cheval d'ici. Ils ont prévu de vous laisser juste assez d'avance pour pouvoir vous suivre jusqu'au campement.

« Jusqu'au campement... » Les Apaches s'entre-regardèrent, atterrés. Au campement, il y avait les femmes, les enfants... La situation était grave.

Carnoviste se tourna vers ses guerriers.

— Nous n'avons plus le choix. Il faut se battre et les tuer tous.

Déjà les guerriers se dirigeaient vers leurs chevaux, quand le Comanche intervint.

— Attendez, il y a une autre solution.

— Dépêche-toi, il n'y a pas de temps à perdre, gronda Carnoviste.

— Quanah m'envoie pour vous proposer de faire la paix avec les Visages pâles.

Un silence terrible accueillit la nouvelle. Le Comanche recula d'un pas, prêt à prendre la fuite. Mais il était brave. Après un instant d'hésitation, il reprit d'une voix lente, pour laisser aux Apaches le temps d'assimiler l'incroyable proposition :

— Réfléchissez... Les Texas Rangers ont des carabines Winchester 1873 à répétition. Vous n'avez que des arcs et de vieilles pétoires. Vous ne pourrez pas les vaincre. Quanah s'est battu pendant dix ans contre eux. À la bataille d'Adobe Walls, il y avait des centaines de guerriers contre vingt Visages pâles, et pourtant, en fin de compte, ce sont les Comanches qui ont dû se retirer. Si vous continuez les raids, ils envahiront les campements, détruiront les wigwams, tueront les enfants... Mais si vous acceptez de venir vivre dans les réserves, la vie des femmes et des enfants sera épargnée.

— Des réserves ?

C'est Chiwat qui avait posé la question. Seul parmi les guerriers, il semblait disposé à écouter l'émissaire de Quanah.

— Des zones où les Indiens sont regroupés, protégés par l'armée.

Chiwat adressa un regard interrogateur à Carnoviste, comme pour lui demander d'en discuter. Mais Carnoviste explosa :

— Les réserves ! Des parcs à bestiaux pour des esclaves ! C'est pour nous dire cela que Quanah t'a envoyé avec les Texas Rangers ?

L'émissaire recula encore d'un pas. Il venait d'accomplir sa mission, et il n'était pas mécontent d'avoir terminé, ça se voyait.

— Oui. Les Texas Rangers doivent attendre que j'aie réussi à entrer en contact avec vous ; ils l'ont promis à Quanah.

Il se tut et observa longuement les guerriers les uns après les autres. En Da ne pouvait s'empêcher d'admirer son allure, ses longues nattes, le gilet court qu'il avait passé par-dessus ses vêtements indiens... Quand le Comanche en arriva à lui, son regard se fit plus aigu. En Da baissa les yeux pour cacher leur couleur, dont il avait honte, et l'homme continua son tour d'observation comme s'il n'avait rien remarqué.

Puis, comme personne ne parlait plus, il insista :

— Carnoviste, quelle est ta décision ?

Le vieil Apache ne daigna même pas répondre. Il fit un geste de la main, et tous ses guerriers montèrent à cheval.

En Da était déjà en selle, quand il vit le Comanche prendre Cheval-noir par les rênes.

— Tu es un garçon blanc ?

Imitant ses frères apaches, En Da commença à préparer son bouclier sans répondre.

Le Comanche insista :

— Tu es un captif, et...

En Da le fusilla du regard.

— Tu te trompes. Je suis un guerrier apache.

Sans en tenir compte, l'émissaire continua :

— Tu n'es pas obligé de rester avec eux. Viens avec moi chez Quanah. Il t'aidera à retrouver ta famille. Il comprendra. Il est comme toi.

En Da était prêt à bousculer cet homme qui l'insultait, mais la dernière phrase suspendit son geste.

— Comme moi ?

À ce moment précis, Carnoviste mit son cheval entre lui et le Comanche.

— Tu viens avec nous ou avec lui ? grogna-t-il.

Sans un mot, En Da se détourna de l'émissaire et partit au galop à la suite de ses compagnons. Il ne voulait plus penser qu'à la bataille contre les Texas Rangers. Pourtant, au moment de quitter le bois de catalpas, il ne put s'empêcher de jeter un dernier regard en arrière. Le Comanche se tenait immobile, l'air grave, ses yeux résolument fixés sur le « garçon blanc ».

2

Depuis le temps qu'il était honoré du titre de guerrier, jamais En Da n'avait eu l'occasion de participer à une vraie bataille. Il avait accompagné les raids, volé des chevaux ; il s'était bagarré avec de jeunes Apaches et quelquefois avec des guerriers des autres tribus, des Comanches ou des Kiowas, mais jamais il n'avait eu à se défendre contre une dizaine de Visages pâles bien armés.

Fébrile, il transmettait sa nervosité à Chevalnoir, qui était sur le point de s'emballer.

— Eh du calme ! grogna Chiwat, tu vas nous faire repérer. Pas la peine de se presser...

En Da regarda autour de lui. Les Apaches avaient ralenti l'allure, en effet, et cheminaient en silence. Le visage dur, fermé, ils préparaient leurs arcs et leurs flèches. Ceux qui avaient des fusils les chargeaient. En Da ne put s'empêcher de s'étonner :

— Ça n'a pas l'air de leur plaire, d'aller se battre. Pourtant, depuis le temps qu'on me prépare à être un guerrier, je pensais que les Apaches aimaient la guerre !

Chiwat eut un geste de protestation.

— Non, les Apaches n'aiment pas se battre. Nous faisons tout pour éviter le combat, et la fuite est souvent pour nous le meilleur moyen de gagner.

— Toujours fuir comme des voleurs !

— Grâce à cela, nous sommes restés libres.

— Et aujourd'hui ?

— Aujourd'hui, les Visages pâles menacent le campement. Nous allons leur montrer qu'ils ont raison de nous craindre.

En Da sentit son cœur se gonfler. Lui aussi, il allait montrer à tous qu'il était un brave, capable de mourir pour défendre sa famille.

Mais le temps n'était plus aux explications. Au loin, on apercevait le nuage de poussière d'une cavalcade. Aussitôt le groupe de guerriers se dispersa de part et d'autre. Carnoviste n'avait donné aucun ordre, et chacun semblait s'en aller au hasard.

— Que font-ils ? demanda En Da.

— Suis-moi, répondit simplement Chiwat en accélérant l'allure.

En Da serra les jambes et baissa les rênes ; Cheval-noir ne demandait pas mieux : il bondit en avant, et les deux jeunes hommes s'élancèrent jambe contre jambe.

Au loin, le nuage de poussière avait grossi, et l'écho des sabots sur la terre sèche résonnait dans le calme d'une journée sans vent. Bientôt, on distingua les hommes, leurs grands chapeaux, leurs hautes bottes, les éperons à molette et les fusils tout neufs. Ils avançaient groupés, comme une seule grosse bête menaçante.

Chiwat obliqua sur la gauche. Il n'y avait plus un seul Indien face à l'ennemi, qui se trouva lentement encerclé par le mouvement tournant des guerriers.

Les Visages pâles n'avaient pas encore vu que les Apaches attaquaient. Quand les premières flèches volèrent, ils furent si surpris que leurs chevaux se cabrèrent. Les Indiens en profitèrent pour bander leurs arcs et recharger leurs fusils, puis resserrèrent le cercle en tirant à nouveau... En Da, imitant Chiwat, tirait ses flèches tout en galopant, habile à rester en selle sans même toucher les rênes. Il avait conscience du spectacle impressionnant qu'ils devaient offrir, eux tous, à tournoyer sur leurs montures déchaînées.

Mais l'émissaire comanche avait raison : les Texas Rangers n'étaient pas des ennemis comme les autres. Non seulement ils avaient des fusils neufs, mais ils savaient s'en servir avec autant d'adresse que les Indiens de leurs arcs. En Da les vit descendre de cheval, regrouper leurs montures au centre, se mettre en position de viser calmement, bien calés sur leurs pieds. Puis ils disparurent dans un nuage opaque. On ne voyait plus rien, ni Indiens, ni Visages pâles.

— Chiwat ? cria En Da.

« Suis-moi », avait dit son ami. Comment ? La terre sèche et fine volant de sous les sabots avait produit un brouillard jaune rempli de poussière et de poudre, et le vacarme des fusils couvrait la voix.

Le jeune guerrier continua à galoper à l'aveuglette, l'arc bandé, mais où viser ? Et pendant ce temps, les fusils des Visages pâles tiraient toujours... Le Comanche les avait avertis : ces armes diaboliques n'avaient pas besoin d'être rechargées.

La confusion grandit encore. Les chevaux se cabraient en hennissant, les flèches sifflaient dans tous les sens. Cela ressemblait aux tornades qui parcouraient la plaine en arrachant les buissons sur leur passage.

— Il faut bouger, dit En Da, je ne peux même pas tirer.

Devançant l'impulsion de son cavalier, Cheval-noir avait obliqué vers le côté, et se trouva bientôt à l'écart de la bataille, sous un arbre. Là, En Da s'arrêta pour observer la scène. Il était loin, mais il se savait assez bon tireur pour toucher ses cibles, pour peu qu'il les voie. Il rebanda son arc et attendit une éclaircie dans le brouillard de poussière.

Soudain, quelque chose changea dans l'ordre de bataille. Les fusils tiraient encore, mais on ne voyait plus voler les flèches.

En Da baissa son arc pour écouter. Le bruit du galop des chevaux apaches semblait moins fort. Il s'estompait, comme si...

— Eh Chiwat ! hurla En Da. Où êtes-vous, je ne vois personne !

Il se recula encore. La poussière retombait lentement. On voyait en sortir un à un les chapeaux des Texas Rangers, puis les canons de fusils, puis les hommes qui baissaient leurs armes, aussi surpris qu'En Da.

— Ce n'est pas vrai ! s'écria le jeune guerrier. Regarde, ils sont partis !

Cheval-noir souffla d'indignation, mais il fallait bien l'admettre : il n'y avait plus d'Apaches sur le champ de bataille. L'écho d'une cavalcade retentissait au loin. Fouillant le paysage, En Da aperçut les croupes des chevaux indiens au galop.

— Ils m'ont abandonné !

Comme En Da, les Texas Rangers avaient constaté le départ des assaillants, mais ils furent plus rapides que lui à réagir. En un instant, ils étaient remontés sur leurs chevaux et se lançaient à la poursuite des Indiens.

Tous, ou presque. Deux hommes restaient sur place ; immobiles et stupéfaits, ils regardaient le seul Apache demeuré sur le champ de bataille.

En Da sentit ses cheveux se dresser sur la tête : ils avançaient vers lui, fusil en avant. Ce n'était pas le moment de s'interroger sur les raisons du départ de Carnoviste. Il pressa ses jambes contre le flanc de Cheval-noir et le lança au galop. Un coup de feu résonna alors dans l'air brûlant, et En Da sentit l'animal s'affaisser sous lui.

— Oh non ! cria-t-il. Pas toi !

Mais Cheval-noir n'y pouvait rien. Il avait été mortellement touché. Lentement, l'animal et le garçon tombaient ensemble. L'instant d'après, En Da était allongé à terre, coincé sous le corps du cheval abattu.

Les deux Texas Rangers mirent pied à terre et marchèrent vers lui, de grands couteaux à la main. En Da ferma les yeux.

« Je vais suivre Cheval-noir dans le territoire des esprits du shaman », pensa-t-il en essayant d'être aussi brave devant la mort que Chiwat l'aurait été à sa place.

Mais il ne se produisait rien. Le jeune guerrier entendit les deux hommes parler entre eux, et, ce qui était encore plus étrange, il comprit ce qu'ils disaient. Les mots frappaient sa mémoire, lui rappelant une langue qu'il croyait avoir oubliée.

— Il est mort, disait l'un, il est plein de sang.

— Mais non, c'est le sang du cheval, répondait l'autre.

— Il a une drôle d'allure, reprenait le premier. Regarde ses cheveux.

— Oui. C'est la première fois que je vois un Apache avec des cheveux presque bouclés.

— Ce n'est pas un Apache...

— Mais si, regarde, il a le cordon des guerriers autour du bras, et les peintures de guerre...

En Da, toujours coincé sous le cheval noir abattu, gardait les yeux fermés. Peut-être qu'ils s'en iraient s'ils le croyaient mort... Un des deux hommes se pencha sur lui.

— Il ressemble à Willie.

— Willie ? De la ferme Lehman ?

— Oui. Celui dont le frère a disparu il y a longtemps, tu te souviens ?

En Da aurait pu, bien sûr, ouvrir les yeux et dire simplement : « Vous avez raison. Je ne suis pas un Indien, je suis un Visage pâle, comme vous. » Mais le nom de Lehman ne signifiait plus rien pour lui, et, pour le jeune guerrier, ces deux hommes étaient avant tout des ennemis mortels. Il préférait continuer à faire le mort, persuadé qu'il serait abattu s'il bougeait.

À ce moment, un bruit de galop retentit dans l'air brûlant, tout proche. Entre ses cils, En Da vit surgir le cheval blanc de Chiwat. L'Apache se ruait sur les Texas Rangers, l'arc bandé.

« C'est maintenant ou jamais », pensa En Da.

Profitant de l'effet de surprise, il s'extirpa brutalement de dessous le cheval abattu, fonça dans les jambes des deux hommes, et, d'un mouvement souple, bondit en croupe de Chiwat, qui fila aussitôt. Derrière eux, il entendait ses agresseurs pester :

— C'est malin, regarde, tu l'as laissé s'échapper !
Tire donc !

— Non ! Pas question, je te dis qu'il n'est pas
Indien. J'ai vu ses yeux, ils sont bleus.

Les deux jeunes guerriers n'entendirent pas la
suite. Ils étaient déjà loin de la scène, galopant
éperdument en direction du campement des
Apaches.

En Da et Chiwat ne s'arrêtèrent que lorsque
leur cheval, fatigué par le double poids des cavaliers, refusa d'aller plus loin.

Alors ils glissèrent à terre.

— J'ai eu chaud ! s'exclama En Da. Si tu n'étais
pas revenu...

— Désolé, je n'ai pas vu tout de suite que tu
ne suivais pas.

— Et Carnoviste ? Pourquoi est-il parti ?

— Il n'est pas parti. Il a été touché par une
balle.

— Touché ! s'étrangla En Da. Il est mort ?

— Je ne crois pas. Mais il est inconscient. Le
shaman l'a pris sur son cheval et ils ont tous filé.

En Da était atterré. Il n'avait jamais imaginé
cela possible ; pour lui, Carnoviste était invin-
cible. En même temps, il était rassuré ; son père

adoptif ne l'avait pas abandonné. Une image lui traversa l'esprit.

— Mais les Texas Rangers ? Ils sont partis sur leur piste ! Vers le campement !

Le visage de Chiwat se fit dur.

— Oui. Et avec ce cheval épuisé, on ne va pas y arriver avant un moment.

En Da ne fit pas de commentaires ; il pensa à Cheval-noir, et une grande tristesse l'envahit. Il avait perdu son compagnon. Pendant si longtemps, ils avaient chassé, couru, volé ensemble. À présent, le cheval gisait mort sur la Plaine, seul avec les vautours. En Da inspira un grand coup ; il ne devait pas montrer son chagrin. Chez les Apaches, on ne pouvait pas vivre sans les chevaux, mais on ne les pleurait pas, jamais.

Chiwat s'était déjà mis en route, le corps entier tendu vers son but. En Da lui emboîta le pas, la bride de son cheval à la main. Il y avait plus grave que la mort de Cheval-noir : le clan tout entier était menacé.

3

Quand ils arrivèrent au campement, il n'y avait plus personne. Les wigwams étaient déserts, et toute trace de vie avait disparu. Des familles qui avaient habité là, il ne restait que les cendres des foyers, quelques poteries cassées, et des chevalets de bois où séchaient des lanières de viande et des peaux de chèvres. En Da soupira de soulagement.

— Au moins, ils ont pu partir avant l'arrivée des Texas Rangers.

Chiwat arpentait le terrain, le regard fixé au sol.

— Que fais-tu ?

— Ils ont dû nous laisser un message quelque part.

— Comment ça ?

— Des signes sur le sol, un dessin gravé sur un os... Pour nous dire où ils allaient.

En Da montra les chevalets de bois.

— Ça m'étonnerait. Ils n'ont même pas eu le temps d'emporter ces provisions.

Chiwat regarda la viande et les peaux, et un pli profond se creusa entre ses yeux.

— En plus, reprit En Da, certainement qu'ils nous croient morts.

Mais Chiwat n'était pas prêt à se laisser démoraliser.

— Il faut chercher une piste, alors, dit-il en reprenant son examen.

En Da l'imita, mais il ne voyait rien d'autre que la terre martelée par des milliers de pas. Heureusement, Chiwat avait l'œil plus aiguisé. Arrivé aux limites de la clairière, il s'exclama :

— Ici !

— Sans blague ?

L'Apache désigna un emplacement dégagé, entre deux peupliers.

— Leurs traces.

— Je ne vois rien.

— Tu ne vois rien parce qu'elles ont été effacées, mais observe bien. Là, et là, tu peux remarquer le mouvement de la terre balayée.

En Da se mit à genoux, puis à quatre pattes, et baissa la tête jusqu'à frôler le sol – on distinguait à peine les ondulations peu naturelles de la poussière qu'on avait remuée. Il lança à son ami un coup d'œil plein de respect.

— Je n'ai pas terminé mon apprentissage, on dirait.

— Loin de là.

— Remarque, celui qui était chargé d'effacer a mal fait son travail. C'est une chance. Autrement...

L'Apache ne répondit pas, déjà occupé à suivre la piste.

Il faisait presque nuit lorsque Chiwat s'arrêta, l'air soucieux. Il regardait alternativement les traces ténues qui sortaient du bois de peupliers et l'étendue sablonneuse où elles disparaissaient.

— Tu les as perdues ? demanda En Da.

Chiwat secoua la tête.

— Non. Je les vois bien, mais ce qui m'étonne, c'est la direction dans laquelle elles vont.

En Da suivit le regard de son ami, puis examina dans le ciel la position du soleil.

— Elles vont vers le nord, c'est ça ?

— Oui, c'est-à-dire vers le désert des Llanos.

— Le désert des... Mais je croyais...

— Qu'on ne pouvait pas y camper. Tu as raison. Il n'y a pas d'eau, par là-bas.

— Tu connais ?

— Non. Il n'y a que les vieux qui connaissent. Il paraît qu'il y a des sources cachées, mais plus personne ne sait où elles sont. On ne peut plus vivre, dans les Llanos.

— Ils fuient vers un endroit où personne ne peut vivre ?

— Je ne comprends pas.

Perplexes, les deux jeunes guerriers laissaient leurs regards errer sur le paysage dénudé. Soudain, un détail alerta En Da. Il avança sur la piste mal effacée et se pencha au-dessus d'une petite motte de terre.

— Les Visages pâles !

Chiwat vint examiner à son tour l'endroit qu'En Da lui désignait.

— L'empreinte d'un cheval ferré, commenta-t-il, pensif.

— Les Apaches ne ferrent jamais leurs chevaux, non ? Et ce fer est tout neuf, regarde. Là, regarde, un autre, et un autre... ils sont... un, deux, trois... dix et ils ont des fers neufs... Ça ne te dit rien ?

Chiwat avança à croupetons pour compter les traces découvertes, et se redressa.

— Les Texas Rangers sont toujours sur leur piste.

— Comme quoi, le truc de balayer les traces, ça ne marche pas !

Un drôle de sourire apparut sur le visage de Chiwat.

— Si, ça marche.

— Puisque tu le dis.

— C'est volontairement que les traces ont été mal effacées.

En Da adressa à Chiwat un regard vide. Puis, soudain, son visage s'éclaira. Il leva le doigt.

— J'ai compris ! Ils entraînent les Texas Rangers à leur suite. C'est pour cela qu'ils vont dans les Llanos !

Chiwat hocha la tête en complétant :

— Ils pensent que les Visages pâles ne supporteront pas la soif.

— Mais le clan, est-ce qu'il va la supporter ? Les vieilles personnes ? Les petits enfants ?

Chiwat reprit son air soucieux.

— C'est un risque. Un gros risque. (Il montra Cheval-blanc.) Vite, allons-y. Avec la viande séchée et une bonne réserve d'eau, on devrait les rattraper.

En Da se frotta les mains. L'idée lui plaisait.

— Chacun son tour ! Les Texas Rangers nous poursuivaient et maintenant, c'est nous qui les poursuivons.

4

Chiwat et En Da partirent le lendemain après avoir chargé Cheval-blanc d'outres en peau de chèvre remplies d'eau de rivière.

Ils avançaient pas à pas les yeux braqués sur le sol par peur de manquer les maigres indices encore visibles du passage de leur clan en fuite vers les Llanos.

En Da en avait mal au crâne à force de scruter les monticules de poussière.

— Pourvu qu'il ne pleuve pas, marmonna-t-il en se passant la main sur le front. Les traces seraient perdues.

Chiwat lui lança un coup d'œil ironique.

— De ce côté-là, tu n'as rien à craindre.

En Da se sentit rougir – comment avait-il pu dire une pareille bêtise ?

Dix jours plus tard, il n'avait pas plu une goutte et les jeunes guerriers n'avaient toujours pas rejoint leur clan. Plus grave, ils n'avaient pas croisé le moindre ruisseau, la moindre flaque de boue. Il ne leur restait plus que la moitié d'une outre d'eau, et ils étaient obligés de se rationner à quelques gorgées par jour. Les journées s'écoulaient sous un soleil de feu. La nuit, quand la température devenait supportable, ils rageaient de devoir s'arrêter, empêchés par l'obscurité de distinguer la moindre trace.

Heureusement, il y avait l'aurore. C'était l'heure où une fine rosée posait sur les cactus comme des perles tremblantes qu'on pouvait cueillir du bout de la langue. La lumière rasante mettait alors en évidence les minuscules reliefs laissés par les sabots des Texas Rangers. Les deux garçons profitaient de ce moment pour avancer plus vite, avant que le soleil ne devienne vertical.

C'est pendant une de ces aurores bienfaisantes que Chiwat et En Da connurent la peur de leur vie en même temps qu'une grande joie.

Le ciel était rose, encore, les ombres longues. Occupés par leur traque, ils ne virent rien, mais soudain, tout près d'eux, ils entendirent un souffle lourd : pfffll... pfffll... En Da sentit ses poils se hérisser. Chiwat sortit son poignard d'un geste affolé.

Le souffle reprit, au ras du sol, sonore. Pfffll... pfffll...

Les deux garçons tournèrent sur eux-mêmes, guettant une présence. Rien. Il n'y avait à perte de vue qu'un désert jaune semé de cactus ; devant eux se déployait un buisson entier de ces plantes gris-vert aux ramifications en forme de grosses oreilles épineuses. C'était de là que venait ce souffle terrifiant. Ils approchèrent lentement, le poignard en avant. Et le virent.

C'était un cheval. Un cheval couché, la tête dans la poussière, les yeux révulsés.

En Da se redressa le premier, rentrant son poignard dans sa gaine.

— Il a encore plus soif que nous, on dirait.

Chiwat montra les sabots ferrés.

— Les Texas Rangers ne doivent pas être loin devant nous. Ce cheval s'est couché pendant la nuit, et son cavalier l'a laissé là.

En Da s'accroupit pour toucher le nez de l'animal. La langue dépassait entre les lèvres, desséchée.

— C'est une belle bête, dit-il. Très mal en point. On ne peut pas la sauver, c'est dommage.

— J'espère que son propriétaire est aussi mal en point que lui.

En Da ne fit pas de commentaires, mais lança un regard entendu à Chiwat. Ils se comprenaient. Si les Visages pâles en étaient à abandonner leurs chevaux, ils n'iraient pas bien loin.

La confirmation arriva aussitôt. En Da était en train de sortir du buisson quand Chiwat le rattrapa par la manche d'un geste brusque. Sur la piste, à quelques pas devant eux, au-delà de la barrière protectrice des cactus, se découpaient des silhouettes humaines. Elles étaient imprécises dans le demi-jour, et se mouvaient lentement. Mais on reconnaissait très bien les larges chapeaux et les fusils des Texas Rangers. Démontés, les épaules basses, le pas titubant, ils avançaient devant leurs chevaux, dont l'encolure tombait très bas. La troupe entière défila ainsi, au ralenti, passant sur sa propre piste en sens inverse. Elle s'éloigna et disparut vers le sud.

— Voilà un gros problème de réglé, murmura En Da quand le dernier eut disparu vers le sud.

— Oui. J'espère seulement que le clan est en meilleur état. Si les Visages pâles abandonnent...

— Chut ! Tais-toi, en voilà encore un.

En effet, une nouvelle silhouette se profilait derrière les cactus. Celle-là était à cheval, petite, et se tenait bien droite.

— Qu'est-ce...

Sans laisser En Da finir sa phrase, Chiwat avait sauté comme un daim hors du buisson de cactus en criant :

— Eti !

Cheval-gris fit un écart tandis que la jeune fille s'écriait :

— Hé ! Ho ! Du calme !

— Eti ! répéta Chiwat, Eti !

En Da sortit à son tour du buisson de cactus.

— Que mes rêves en soient remerciés, murmura Eti avec un soupir de soulagement. Vous êtes là ! J'avais raison !

Tout en parlant, la jeune fille s'était laissée glisser de son cheval pour prendre Chiwat dans ses bras, puis En Da.

— Tes rêves ? s'étonna Chiwat.

— J'ai vu dans mes rêves que vous étiez vivants. Alors je suis revenue vous chercher.

— Tu... as... rêvé de moi ?

— Pourquoi de toi ? ironisa En Da. Pourquoi pas de moi ?

— Elle n'aurait pas dit « rêves », elle aurait dit « cauchemars ».

Eti leva les mains.

— Taisez-vous ! Écoutez-moi au lieu de vous chamailler. Le clan campe là-bas...

Elle montrait un escarpement rocheux, dans l'ouest.

— Il campe ? Mais l'eau... ? s'étonna Chiwat.

— Le shaman nous a conduits jusqu'à une source cachée. Il l'avait vue, du temps de son enfance, quand les Apaches chassaient encore par ici, et sa magie l'a guidé.

— C'est lui qui a eu l'idée de perdre les Texas Rangers ?

— Oui. Nous les avons entraînés sur notre piste, puis nous l'avons brouillée.

Elle se retourna, et montra les traces dans la poussière.

— Ça, c'est la piste que les Visages pâles ont suivie. Elle a été tracée par trois guerriers montés sur des chevaux rapides qui tiraient de grosses branches en guise de balais.

— Je l'avais compris, fit remarquer Chiwat. Et le clan est parti vers l'ouest en effaçant ses traces. C'est ça ?

Eti hocha la tête.

— Nous sommes arrivés il y a deux jours. La source n'est pas bien abondante, mais nous ne pouvons pas aller plus loin.

Ce fut au tour d'En Da de s'inquiéter :

— Et Carnoviste ?

Eti baissa la tête, ses lèvres se mirent à trembler, et deux larmes coulèrent sur ses joues hâlées. Les garçons n'avaient pas besoin de paroles pour comprendre. Tous trois restèrent un long moment silencieux. Puis Eti reprit, la voix étranglée :

— Le clan a souffert pendant cette marche. Les enfants sont maigres, les vieillards meurent. Et Shida Shizé...

— Quoi Shida Shizé ? s'écria En Da.

— Elle est très malade. Elle n'a pas mangé depuis la mort de Carnoviste. Elle dit qu'elle ne veut plus vivre. Que chez les Apaches, une épouse ne doit pas survivre à son mari.

— N'importe quoi ! coupa Chiwat. Ce sont de vieilles coutumes que plus personne ne suit plus.

— Carnoviste lui-même ne l'aurait pas voulu, ajouta En Da.

Il connaissait cette coutume : jadis, quand un chef mourait, sa femme, ses chevaux et ses esclaves étaient sacrifiés. Mais il était bien sûr que son père adoptif n'était pas cruel à ce point.

Eti lui posa la main sur le bras.

— Non, il ne l'aurait pas voulu. Mais la vérité, c'est que Shida Shizé te croit mort, En Da. Elle pense avoir tout perdu, son mari et son fils. C'est cela qui la tue. C'est pour cela que je suis revenue vous chercher... (Elle ferma les yeux, comme pour écouter une voix intérieure.) La nuit dernière, un rêve est venu me visiter. Je vous ai vus marchant dans les Llanos. Tous les deux, avec vos chevaux...

— Nos chevaux ? fit En Da avec une grimace. Je n'ai plus de cheval. Ton rêve t'a trompée.

Eti fouilla la pénombre du regard, incrédule.

— Cheval-noir ?

— Il a été tué par les Texas Rangers.

— Ah.

Eti se tut. Même si on ne montrait pas son affection pour les animaux, chez les Apaches, la jeune fille savait combien Cheval-noir avait été important pour En Da.

« Pfffll... pfffll... »

La jeune fille tourna la tête vers le cactus.

— Et ça ? Ce n'est pas un cheval qui souffle ?

— Si, mais il ne va plus souffler longtemps. Viens voir.

En Da emmena Eti de l'autre côté des cactus, et lui montra le moribond couché dans la poussière.

La jeune fille se pencha, effleura le bout de langue desséché, puis se redressa et revint sur ses pas.

— J'ai ce qu'il faut.

Un instant plus tard, elle était de retour avec une outre pleine d'eau et un sac d'herbe sèche.

— J'ai pris des provisions. J'ai vu dans mon rêve que vous en auriez besoin.

Aidée d'En Da, elle entreprit de désaltérer le cheval mourant. Chiwat, lui, restait debout, les yeux fixés vers l'ouest.

— Vous croyez que c'est le moment ? Et Shida Shizé ?

Eti se releva vivement, consternée.

— Shida Shizé ! Vite, allons-y. En Da, tu peux encore la sauver. Il faut qu'elle sache que tu es vivant.

— Tu as raison, laisse l'eau ici. Partons.

5

Le nouveau campement était bien caché. Chiwat et En Da ne le virent pas avant de tourner le coin d'un canyon étroit et sinueux. Tout autour, les roches étaient nues, déchiquetées, hostiles. Et les wigwams, faute d'arbres, n'étaient que de vagues abris faits de couvertures posées sur les perches des travois.

Frappés par cette vue sinistre, les trois amis s'étaient arrêtés net.

— Quel endroit horrible pour camper ! s'exclama En Da. Ça ne m'étonne pas que les enfants souffrent.

— Horrible, confirma Eti. Je me demande comment nous allons passer l'été, par cette chaleur.

Après un silence pénible, Chiwat murmura pour lui-même :

— J'aurais dû être là.

— Qu'aurais-tu fait si tu avais été là ? demanda Eti.

— Il fallait négocier avec les Texas Rangers. Demander l'aide de Quanah... Si j'avais été là, le shaman n'aurait pas pris le pouvoir.

En Da se tourna vers Chiwat. Jamais il ne l'avait entendu parler de cette voix sourde et grave. Et plus son ami expliquait ce qu'il aurait dû faire, plus En Da se sentait mal. Comme si un poignard lui pénétrait lentement dans le cœur.

— Tu n'étais pas là, dit-il, parce que tu es resté en arrière pour m'aider.

Chiwat ne releva pas. Pour la première fois depuis que le garçon blanc et lui étaient devenus des frères, l'Apache ne chercha pas à rassurer En Da. Il n'avait pas parlé à la légère ; il regrettait profondément d'avoir fait demi-tour pour sauver le jeune guerrier isolé, de n'avoir pas été là pour contrer le pouvoir du shaman.

La blessure au cœur d'En Da saignait. Eti eut beau prendre la main de son ami, il savait qu'elle ne se refermerait jamais.

Dans le silence pesant du désert rocheux, on entendit enfin un bruit, faible signe de vie. En Da tendit l'oreille, puis fronça les sourcils.

— On dirait... des gémissements ?

Chiwat avait entendu, lui aussi ; mais il ne bougeait pas.

— Quelqu'un a mal, il faut y aller, s'énerva En Da.

Chiwat ne bougeait toujours pas. En Da le dévisageait, interrogateur.

— Ce n'est pas un malade qui gémit, expliqua Eti. Ce sont les pleureuses.

— Les pleureuses !

En Da avait déjà assisté à des funérailles apaches. Il avait vu comment les femmes du village s'assemblaient pour crier et gémir ensemble, chargées d'exprimer le chagrin de tout le clan. C'était bruyant, terrifiant même.

— Elles pleurent... Carnoviste ? demanda-t-il, hésitant.

Eti secoua la tête tristement.

— Non. Ses funérailles ont déjà eu lieu.

— Alors...

Sans finir sa phrase, En Da s'élança. Un geste brutal de Chiwat le retint sur place.

— Reste là. Nous allons devant.

La voix de l'Apache était dure. En Da eut un sursaut de colère.

— Pourquoi ? Je peux...

— Parce que. Attends-moi ici.

En Da détestait obéir sans comprendre, mais Chiwat était son aîné, et il devait lui faire confiance. De rage, il donna un coup de pied dans la perche du premier abri, qui s'écroula dans un faible craquement. Puis, sans un mot, il s'assit sur ses talons, le menton sur les bras, tandis que Chiwat et Eti pénétraient ensemble dans le campement.

Il ne s'écoula pas longtemps avant qu'En Da entende les cris de bienvenue mêlés aux gémissements. Ses deux amis avaient rejoint le lieu des funérailles.

Un moment passa, interminable. Le garçon laissait son regard flotter sur les couvertures trouées des abris. Un pressentiment lui serrait la gorge. Il redoutait l'avenir. Pas seulement pour sa famille, Shida Shizé, Chiwat, Eti, mais aussi pour lui-même. Ces abris misérables étaient comme des fantômes, les images d'un temps qui se terminait. En Da se rappelait les paroles de l'émissaire comanche : « Si vous continuez les raids, ils envahiront les campements, détruiront les wigwams, tueront les enfants... Mais si vous acceptez de venir vivre dans les réserves, les femmes et les enfants seront épargnés. »

Il avait pensé alors qu'aucun des guerriers apaches ne voulait entendre la proposition du Comanche, mais il se rendait compte à présent que Chiwat l'avait écoutée, et qu'il regrettait que Carnoviste ait refusé de voir Quanah.

Quanah... Le Comanche avait dit autre chose : « Il est comme toi. » Ces paroles l'avaient intrigué, intéressé. Carnoviste l'avait senti. C'était pourquoi il avait empêché cet homme d'en dire plus.

En Da sursauta. On venait de le toucher à l'épaule. Il fit volte-face.

— Toi !

Il partit d'un grand éclat de rire. Devant lui, se tenait le cheval mourant... qui n'était pas mort. Debout sur ses jambes tremblantes, ses yeux abîmés couverts de mouches, il inclinait la tête comme pour saluer.

— Ce n'est pas à moi qu'il faut dire merci, c'est à Eti.

En Da avança la main, effleura du doigt la selle de cuir et les étriers bien larges, gratta les oreilles de l'animal, caressa les flancs dont la belle couleur feu était ternie de poussière.

— Tu n'es pas en grande forme, Cheval-malade, mais d'un autre côté, je n'ai pas eu à te capturer. C'est la première fois qu'une prise vient s'offrir à moi !

Le cheval sortit alors sa grosse langue rose pâle, et se mit à lécher consciencieusement la joue du garçon.

— C'est trop fort ! Viens, il faut que je te montre à Eti.

Et, oubliant les consignes de Chiwat, il s'enfonça entre les abris, suivi de près par Cheval-malade.

Le clan était regroupé au centre du campement, devant un wigwam plus grand que les autres. Tous étaient épuisés, à bout de forces. Les hommes restaient muets, les regards fixés sur l'entrée de l'abri fermée par une large fourrure de bison ; les femmes poussaient des hurlements de douleur en levant les bras. Eti seule ne hurlait pas, mais elle était effondrée, la tête dans ses genoux.

Oubliant Cheval-malade, En Da s'élança vers la jeune fille. Mais au moment où il bousculait le premier rang des assistants pour entrer dans le cercle des pleureuses, un cri retentit. Pas un cri de douleur, un cri de haine.

— C'est lui !

Le shaman était là, devant le groupe des femmes, le visage masqué par sa cagoule de cérémonie.

— C'est lui ! répéta-t-il. Le Visage pâle !

En Da se retourna. Quel Visage pâle ? Il n'y avait personne. Mais les Apaches, maintenant, le regardaient tous. Il fallait bien admettre l'évidence : le Visage pâle, c'était lui, En Da. Il s'apprêtait à protester, quand la voix reprit de sous le masque :

— C'est lui, le Visage pâle, qui a fait mourir Carnoviste et Shida Shizé ! Il leur a lancé un sort !

— Shida Shizé ? Oh non !

En Da fit le geste d'écarter la fourrure pour entrer dans l'abri. Dix mains l'en empêchèrent.

— N'entre pas.

Et Eti ajouta d'une voix si basse qu'En Da l'entendit à peine :

— Tu n'aurais pas dû venir.

Pendant ce temps, le shaman continuait ses hurlements de haine.

— Le Visage pâle nous porte malheur depuis qu'il est entré dans le village ; c'est un ennemi, un étranger...

— Ce n'est pas un étranger.

Chiwat avait parlé calmement avec cette voix grave et sourde qu'En Da venait de découvrir.

— Ce n'est pas un ennemi, reprit-il. Il a été enlevé à sa famille par Carnoviste et donné à Shida Shizé. Mon...

Il allait dire « mon frère », mais le shaman l'empêcha de poursuivre :

— Justement ! Il appartenait à Shida Shizé, et Shida Shizé est morte. Il doit mourir avec elle, c'est la loi.

On entendit un murmure dans la foule. En Da sentit un trait glacé lui parcourir le dos – encore cette vieille coutume apache... Il entendait les hommes murmurer entre eux, les anciens, surtout : « C'est vrai. Il était l'esclave de Shida Shizé. » « Les traditions doivent être respectées, le shaman a raison. » « Si nous ne le faisons pas, le fantôme de Shida Shizé reviendra. » « Surtout que c'est un Visage pâle. »

La voix de Chiwat retentit alors, assez forte pour couvrir les rumeurs :

— En Da n'est pas un esclave. Et il n'est plus un Visage pâle. Il est resté avec nous volontairement.

— Est-ce qu'il ne s'appelle pas En Da ? persifla le shaman. Cela veut dire « garçon blanc ». Shida Shizé ne l'a pas vraiment adopté ; autrement, elle lui aurait donné un autre nom, un nom de guerrier.

Chiwat continua comme s'il n'avait pas entendu :

— En Da s'est battu pour nous. Il a tiré sur les Texas Rangers...

Encore une fois, le shaman l'interrompit :

— Et où était-il pendant que les Texas Rangers suivaient notre piste ? Pourquoi les Texas Rangers ne l'ont-ils pas tué alors qu'il était resté seul derrière ?

Le silence se fit. Chiwat ne pouvait pas répondre à cette question. En Da lui-même ne pouvait pas répondre ; il avait vu deux Visages pâles se diriger vers lui avec de grands couteaux, des hommes qui s'étaient penchés sur lui, mais qui s'étaient retenus de le tuer... Chiwat devait penser à cela, à ces hommes qui n'avaient pas voulu tirer sur l'Apache aux yeux bleus.

En Da était pétrifié. Il ne savait plus quoi penser. Est-ce qu'ils n'avaient pas raison ? Il n'était pas un vrai Apache, et Carnoviste ne lui avait pas donné un vrai nom. Il avait cru être adopté, mais il était resté un esclave.

Cette douce pression dans son cou... Cette fois, il n'eut même pas besoin de se retourner. Il devina que Cheval-malade était toujours là, derrière lui, comme pour lui faire savoir qu'il n'était pas seul.

Eti vint caresser l'animal.

— Il va mieux, on dirait.

— Grâce à toi. Il n'est pas encore très vaillant, mais il t'appartient puisque tu l'as sauvé.

— Merci En Da. Je suis sûre que ce sera un bon cheval.

Pendant qu'ils parlaient, le cercle des guerriers s'était resserré autour de Chiwat et du shaman, qui poursuivaient leur affrontement, les bras croisés sur la poitrine, les yeux dans les yeux.

— Celui qui touche à mon ami connaîtra ma vengeance.

— Au nom de quoi parles-tu comme ça ? Tu n'es rien ici ; tu n'es même pas de ce clan, Chiwat.

— Carnoviste me considérait comme son successeur. Tu le sais. Vous le savez tous.

Comment aider son ami ? En Da se posait la question quand il sentit qu'on le tirait par le bras. Eti l'entraînait doucement en dehors du cercle des guerriers, profitant qu'ils étaient cachés aux yeux du shaman par la grande masse de Cheval-malade.

Il se laissa faire, et personne n'osa les empêcher de partir. Il entendait encore Chiwat défendre sa cause, mais il n'écoutait plus. Il admirait le courage d'Eti, qui avait pris ostensiblement son parti sous les regards hostiles.

Bientôt, ils furent en dehors du campement, mais Eti tirait toujours En Da par le bras. Elle descendit un talus, longea le fossé. Au fond, il y avait une flaque d'eau boueuse d'où sortait une rigole étroite qui se perdait trente pas plus loin dans le sable – la source. Les chevaux du clan se pressaient pour boire le long du maigre ruisseau. Contre le talus étaient rangées des outres, des jarres, des bols.

Eti prit deux grosses outres, les remplit à la source et se fraya un chemin jusqu'à Cheval-gris, qui dominait les autres de sa haute stature. Elle accrocha les outres à la selle, puis prit les rênes et les tendit à En Da.

— Pars, dit-elle.

En Da avait déjà compris.

— Toi aussi, tu me chasses ?

La jeune fille secoua la tête.

— Mon cœur est triste, garçon blanc. Nous t'avons volé ta liberté. Tu nous as donné ta force, et maintenant, tu dois nous quitter.

— Mais Chiwat va gagner ma cause, il sait que je me battrai jusqu'à la mort pour le clan.

— Non. Chiwat ne peut pas t'aider. Pas maintenant. Il doit avant tout empêcher le shaman de prendre le pouvoir.

— Il est deux fois plus fort que lui, il n'a qu'à le chasser.

— C'est un shaman. Il est sacré. On ne le touche pas. Même si Chiwat devient le chef du clan, il ne sera jamais plus fort que le shaman, parce qu'un shaman parle avec les esprits.

— C'est ce qu'il dit ! On n'en sait rien !

Eti eut un sourire malheureux.

— Tu vois ? Tu es vraiment un Visage pâle. Il faut toujours que tu discutes la réalité des mystères.

En Da en resta la bouche ouverte. Il sentait sa poitrine comme écrasée. Il avait tout perdu, et la seule personne qui lui restait, Eti, lui demandait de partir. Ses yeux se mouillaient. C'était une sensation qu'il avait oubliée. Il ne l'avait pas éprouvée depuis... depuis il ne savait pas combien de temps. Une vieille phrase qu'il ne comprenait pas bien lui revint bizarrement en mémoire : « *Une tête de pioche ne pleure pas...* » Il respira un grand coup et ravala ses larmes.

Eti le prit dans ses bras.

— Quitte le désert. Reste caché pendant l'été, du côté de l'ancien campement. Si tout va bien, si Chiwat réussit à calmer les esprits, quand nous serons sortis du désert des Llanos, je viendrai te chercher.

En Da l'écarta de lui pour mieux plonger ses yeux dans les siens.

— C'est une promesse ?

— Oui. Nous ne t'oublierons pas, garçon blanc. Tu es des nôtres.

Eti lui prit la main, l'ouvrit, y mit les rênes et la referma dessus.

— Tu me donnes Cheval-gris, dit En Da ? Pour-quoi ? C'est impossible, c'est le meilleur.

— C'est pour cela que je te le laisse. Avec lui, je sais que tu pourras échapper à tout le mal qui te guette. Moi, je garde Cheval-malade. Je vais le soigner, et quand tu reviendras, il sera à toi.

En Da n'insista pas. Il était rassuré. Cet échange valait une promesse plus que n'importe quelles paroles. Jamais Eti ne renoncerait à son cheval ; si elle le confiait à son ami, c'était qu'elle était sûre de le revoir. Ainsi En Da gardait sa famille avec lui, et l'espoir de revenir un jour. Il serra les doigts sur les rênes, grimpa le talus et s'engagea seul sur la piste qu'ils avaient suivie ensemble à l'aller, tous les trois.

6

Depuis combien de temps était-il seul ? En Da ne savait pas. Des jours et des jours... La saison avait changé : les feuilles des peupliers étaient largement ouvertes et l'herbe, dans les prairies, était haute. Les nuits douces de l'été aidaient le garçon à supporter la solitude.

D'abord, comme Eti le lui avait demandé, En Da s'était installé près de l'ancien campement, au bord de la rivière. Le gibier était facile à débusquer, dans ce bois qu'il connaissait si bien. Le jour, il partait chasser. La nuit, il bivouaquait dans un creux de la berge. Libre de tout harnachement, Cheval-gris errait entre les arbres, où l'herbe était grasse et l'ombre reposante.

Mais un matin qu'il était en train de se laver dans la rivière, En Da entendit des pas au-dessus de lui. Il s'enfonça dans l'eau et demeura immobile sans cesser de surveiller la rive.

« Des Visages pâles. »

Tout d'abord, il crut qu'ils passeraient sans le voir, mais Cheval-gris choisit ce moment pour sortir du bois et venir boire juste devant lui ! Heureusement, les inconnus eurent leur attention aussitôt attirée par le spectacle.

— Regarde ça, cria un des hommes. Je n'ai jamais vu une bête pareille. Elle est magnifique.

— Prends le lasso, elle est pour nous !

Le cheval d'Eti pris au lasso ? En Da ne pouvait pas laisser faire ça. Il jaillit hors de l'eau et sauta sur le dos de l'animal en poussant un hurlement terrible. Aussitôt, Cheval-gris s'emballa et fila comme une flèche à travers le bois.

— Qu'est-ce que je viens de voir ? demanda une voix atterrée. Un démon ?

— Idiot ! répondit une autre. Tu viens de voir un Indien tout nu sur un cheval tout nu.

— Et vous restez comme ça à le regarder galoper ? intervint une troisième. On y va, haro !

Suivit le bruit d'une cavalcade, et En Da serra les jambes comme jamais. Couché sur l'encolure, il répétait comme une prière :

— Sauve-moi, Cheval-gris, sauve-moi...

Cheval-gris n'avait pas besoin d'encouragement. Il fendait l'air comme un aigle, les naseaux largement ouverts, la crinière au vent. Bientôt, l'écho de la cavalcade s'évanouit. On n'entendait plus que le souffle du cheval et le choc sourd de ses sabots non ferrés sur l'herbe de la prairie. En Da se redressa.

— Oooh, Cheval gris ! La course est finie !

Le cheval passa au trop, puis au pas, et le fugitif se retourna.

— Ouf, s'exclama-t-il en donnant de petites tapes amicales sur l'épaule de sa monture. Tu les as semés, et bien semés ! Merci, compagnon.

Prudent, il attendit encore jusqu'à la nuit, puis parcourut un grand cercle autour du bois pour retrouver son bivouac, ses vêtements, ses armes, la selle, ses brindilles à feu, la couverture, les outres... Tout était intact, bien caché sous la berge. Mais En Da ne voulait plus rester là. Les Visages pâles pouvaient revenir. Il chargea le cheval, remplit les outres d'eau et partit à la recherche d'un nouvel emplacement où dormir.

Depuis, il ne restait jamais plus de deux ou trois nuits dans le même endroit, toujours chassé par la peur, ou par le manque de gibier. Il n'osait même plus faire de feu, par crainte d'être repéré.

Et maintenant, il se trouvait tellement loin de la rivière que jamais Eti ne pourrait le retrouver.

Tant pis. À quoi bon retourner vivre avec les Apaches ? Il n'avait même plus envie de revoir Chiwat. Son ami avait tellement changé. Et lui aussi. Il n'était plus le même. Tous les hommes lui faisaient peur, désormais, Indiens ou Visages pâles.

L'été passait. À présent, les feuilles des peupliers brillaient d'un jaune éclatant, l'herbe était sèche et les ruisseaux de plus en plus rares. Mais la venue de l'automne n'effrayait pas En Da. Il avait toujours Cheval-gris, son arc et ses flèches. En tuant un jeune bison et un daim de temps en temps, il aurait assez de fourrure et de viande pour tenir jusqu'au printemps.

Ce soir-là, En Da déroula sa couverture au pied d'un gros rocher, en lisière d'une vaste étendue de prairie où les bouses de bison faisaient des taches brunes sur l'herbe sèche.

— Demain, la chasse sera bonne ! dit-il à Cheval-gris, qui broutait librement, comme d'habitude.

La nuit tombait. En Da frissonna. Il commençait à faire froid. Et faim.

— On mange un morceau ?

Cheval-gris s'approcha, comme s'il avait compris.

— Désolé, je n'ai que du chien de prairie, ce n'est pas terrible, et je suis sûr que tu n'aimes pas ça.

En Da attrapa la carcasse du petit animal qu'il avait tué le matin, et entama la cuisse. Elle n'était pas bien grasse et particulièrement coriace, surtout crue, mais le garçon n'avait rien trouvé de mieux, ce jour-là.

— On fait ce qu'on peut avec ce qu'on a, hein ? commenta-t-il avec un soupir résigné.

Cheval-gris était du même avis. Baissant la tête jusqu'à terre, il saisit délicatement un bout de la couverture entre ses lèvres et commença à la mâchouiller.

— Hé ! cria En Da avec un grand geste. Je t'en prie, ne te gêne pas !

Cheval-gris redressa brusquement l'encolure, indigné.

— D'accord, d'accord, concéda En Da. Tu n'as pas grand-chose à brouter, ici. Demain, on essaiera de trouver un pâturage plus vert, promis.

Sans insister, l'animal s'éloigna, le nez au ras du sol, en quête d'un semblant de repas. En Da s'allongea, enroulé dans sa couverture et ferma les yeux en se répétant ce vieux dicton aussi vrai chez les Indiens que chez les Visages pâles : « Qui dort dîne. »

Au matin, il n'eut pas besoin de se mettre en quête d'un meilleur pâturage. Cheval-gris avait disparu.

Dès son réveil, En Da avait senti quelque chose de changé autour de lui. Le froid de la nuit avait déposé un voile blanc sur la prairie, et les toiles d'araignée dessinaient partout dans l'air pur des fils de glace. C'était féerique. Mais En Da n'appréciait pas le spectacle. Il éprouvait une impression de vide. D'absence. Après un moment d'incertitude, il comprit pourquoi : même au plus doux de l'été, Cheval-gris était venu chaque matin vérifier que son cavalier était bien là où il l'avait laissé la veille – c'était son seul compagnon ; il y tenait autant qu'En Da tenait à lui.

Cette fois, il n'était pas là.

En Da eut beau fouiller le paysage entre les troncs scintillants des peupliers, la vaste étendue d'herbe sèche, il ne voyait rien, n'entendait rien. Une crainte terrible l'envahit. Il se leva, sillonna les environs, encore et encore. Rien. Le soleil était haut dans le ciel quand il admit enfin l'évidence : Cheval-gris l'avait abandonné.

— Tu avais faim, c'est pour ça, hein ? murmura En Da le cœur serré, et il reprit en criant à pleins poumons : Cheval-gris, reviens ! Je trouverai de l'herbe verte, je te le jure ! Un pré entier, rien que pour toi !

Seul l'écho de sa voix sur les arbres gelés lui répondit.

Il revint à son bivouac d'un pas lourd. Que faire ? Inutile de rester là à attendre. Laissant la selle qui ne lui servait plus à rien, il fit un baluchon de sa couverture, y mit ses maigres possessions et commença à marcher.

« Surtout s'empêcher de penser, se disait-il. Avancer. »

Quand on est seul sur une prairie grande comme un continent, quand on a été abandonné par sa famille, par ses amis, et même par son cheval, il vaut mieux ne pas trop penser, en effet. En Da s'efforçait de concentrer son énergie sur le gibier. Il devait manger, avant tout.

« Avec toutes ces bouses de bison partout, ça ne devrait pas être trop dur. »

Là encore, il se trompait. Un troupeau avait dû séjourner dans cette prairie, un troupeau immense, certainement, mais il était parti depuis longtemps. Le chasseur scrutait l'horizon en quête d'un mouvement, d'une couleur qui aurait pu signaler une présence – à défaut de bison, un daim, un chien de prairie, un porc-épic, un tatou... Il marchait l'arc dans les mains, la flèche engagée, prête à partir. Mais le paysage restait silencieux, immobile, comme figé de stupeur par l'arrivée soudaine de ce premier jour d'hiver. Les pas du garçon crissaient sur le givre.

Trrrr... En Da fit volte-face, se mit en arrêt, tira... shlack ! La proie avait été proprement transpercée. La ramassant par la queue, En Da la brandit devant lui en criant le plus joyeusement qu'il pouvait :

— Moi En Da, grand tueur de serpents à sonnette !

Et son rire malheureux résonna dans l'air froid.

Tandis qu'il accrochait le maigre gibier à son baluchon, une image lui revint, surgie de sa mémoire. Il venait d'être enlevé par Carnoviste et tentait de s'enfuir à travers le bois. Un serpent à sonnette avait arrêté sa course, et, tout à coup, il avait eu peur d'aller plus loin, de ne pas retrouver son chemin, de se perdre, d'être seul...

Il s'adressa à lui-même un sourire ironique.

— Maintenant, au moins, je n'ai plus peur d'être seul.

En Da marcha jusqu'à ce que le ciel devienne rouge. Aucun autre animal n'avait croisé sa route, mais le temps était venu de bivouaquer.

Il déroula sa couverture entre deux buissons de sauge et attrapa son gibier sous la tête, entre le pouce et l'index, de façon à lui adresser la parole les yeux dans les yeux – c'était une idée plutôt farfelue, mais, après tout, il n'avait personne d'autre à qui faire la conversation.

— Ce soir, lui expliqua-t-il, je vais faire du feu. C'est vrai que ce n'est pas prudent, mais, dans ce coin perdu, ça m'étonnerait que je sois repéré.

Il eut un soupir et ajouta en pensée : « Et puis, si je suis repéré, tant pis. »

Si le serpent avait pu répondre, peut-être se serait-il étonné : « Quoi du feu ici ? Dans cette prairie sans arbres ? » En Da lui aurait répondu alors que les bouses de bison desséchées faisaient un excellent carburant.

N'ayant pas eu l'occasion de donner cette précision, il s'en alla sans un mot de plus ramasser aux alentours du « carburant », en fit un tas, sortit de son baluchon les brindilles à feu, les frotta l'une contre l'autre longuement. Puis il embrocha son serpent à sonnette et le fit cuire avant de le dépecer soigneusement. La plus rapide de toutes

ces opérations fut de le manger. En quatre bou-
chées, il avait tout avalé.

— Ça ne vaut pas un foie de bébé bison,
c'est sûr !

Il s'allongea enroulé dans sa couverture,
comme tous les soirs. Mais cette fois, il ne put
dormir. Il faisait décidément de plus en plus froid.
Le ciel était limpide, et des millions d'étoiles
brillaient au-dessus de lui. Malheureusement, dès
qu'il fermait les yeux, il sentait ses pieds se glacer,
son dos frissonner. Il se relevait alors pour éviter
de s'engourdir, glanait d'autres bouses de bison
sèches et les jetait dans le feu. Ce ne fut pas avant
l'aube, quand la chaleur revint, qu'il put enfin
trouver le sommeil. Aussi, à la moitié de ce nouveau jour, dormait-il encore profondément.

C'est alors qu'une grande ombre cacha le soleil.
À demi réveillé par le changement de température, En Da remonta la couverture sur sa tête et
grogna :

— Saleté de nuage !

— C'est la première fois qu'on me confond
avec un nuage.

En un éclair, En Da avait bondi hors de sa
couche, le poignard en avant.

— Trop tard !

L'homme qui faisait face au garçon avait lancé les deux mots d'un ton moqueur. En Da leva son arme, prêt à attaquer. Mais l'inconnu était grand, très grand, et il avait les épaules larges, très larges. C'était un Indien aux joues creuses, au nez busqué, les lèvres serrées dans une expression arrogante. Ses cheveux étaient divisés en deux grandes nattes épaisses entourées de fourrure d'opossum. Sur sa poitrine s'étalait un large plastron d'aiguilles de porc-épic, et les manches de sa tunique de cuir étaient ornées de longues franges qui dansaient au moindre de ses mouvements.

— Bonjour, En Da.

Ce n'était pas la réaction d'un individu venu assassiner qui que ce soit. En Da laissa retomber ses bras et se redressa avec prudence.

— Vous me connaissez ?

— De réputation. Tu es le garçon blanc.

— Moi, je ne vous connais pas.

— Si, tu me connais. De réputation, aussi.

En Da ouvrit de grands yeux, puis observa le costume de l'inconnu, ses nattes, sa haute taille, sa posture orgueilleuse.

— Vous êtes un Comanche, commença-t-il. Vous êtes...

Il ne finit pas sa phrase ; il n'osait pas y croire. L'inconnu la termina à sa place.

— Quanah. Je suis Quanah, le chef comanche.

— Quanah ? *Le* Quanah ? Mais que faites-vous ici ?

— Je suis venu te chercher.

— Moi ?

En Da en avait les yeux qui lui sortaient de la tête. Quanah regarda autour de lui.

— Il y a quelqu'un d'autre par ici ?

Vexé, En Da haussa les épaules.

— Très drôle.

— Le plus drôle, c'est que je t'aie trouvé, non ?

En Da se renfrogna – ce Comanche avait un sens de l'humour qui le dépassait.

— Je suis sûr que vous allez m'expliquer comment, grommela-t-il.

Au lieu de répondre, Quanah se déplaça d'un pas. À dix pas derrière lui, apparut une silhouette fine qu'En Da connaissait bien, elle. Eti.

D'un coup, En Da en oublia le froid, la faim et l'humour agaçant du chef comanche.

— Eti ! Tu es venue !

— Est-ce que je ne l'avais pas promis ?

— Oui, mais... comme je n'ai pas pu rester au bord de la rivière. Alors... si loin... ici ?

Eti ferma les yeux et posa ses mains sur ses paupières dans un geste théâtral. Puis elle se mit à parler d'une voix inspirée.

— J'ai eu des rêves. Ils m'ont guidée jusqu'à toi...

En Da était impressionné. Eti avait-elle vraiment des pouvoirs aussi magiques que ça ?

Il était sur le point d'y croire quand il entendit un souffle familier : pfflll. Il chercha du regard et vit trois chevaux qui attendaient à l'écart. L'un d'eux était sans doute celui de Quanah. Les deux autres étaient Cheval-malade et Cheval-gris.

En Da tendit un doigt accusateur.

— Tu me racontes des histoires, Eti. C'est Cheval-gris qui t'a conduite ici. Il est retourné au bord de la rivière. Tu l'as trouvé là-bas, et il t'a menée vers moi.

Eti ôta les mains de ses yeux et afficha un sourire espiègle.

— Tu vois, garçon blanc, que tu ne crois pas aux mystères.

— Quand je serai de retour dans le clan, je croirai aux mystères je te le promets.

En Da avait répondu du tac au tac sans y croire, et l'attitude d'Eti le confirma dans son sentiment. Elle détourna le regard, confuse. En Da se baissa et commença à rouler sa couverture pour cacher sa peine.

— Chiwat ne veut pas de moi, hein ? demanda-t-il la gorge serrée, tout en nouant son baluchon.

Eti vint s'accroupir à côté de lui et lui chuchota à l'oreille :

— Chiwat reste ton frère, et il le restera toujours, mais il pense que tu risques ta vie en restant chez les Apaches. Il a fait appel à Quanah pour t'aider.

— M'aider ? gronda En Da. Quanah travaille pour les Visages pâles, pas pour les Apaches.

Il avait parlé à voix basse, mais le chef comanche avait l'ouïe fine.

— Tu racontes des bêtises, garçon blanc, dit-il, plus arrogant que jamais. Je ne travaille pas pour les Visages pâles, je travaille avec eux.

— C'est pareil.

Eti soupira.

— Ce que tu es têtu !

— Oui, une vraie *tête de pioche.*

— Quoi ?

En Da se rendit compte alors qu'il avait prononcé ces mots dans une langue qui n'était pas celle des Apaches. Il s'étonnait lui-même. Il bredouilla :

— Euh, rien... je ne sais pas, ça m'est venu comme ça.

Il sentit alors la grande ombre de Quanah se déplacer. D'un seul mouvement, le Comanche s'était assis en tailleur – sa souplesse était surprenante pour un homme aussi grand. D'un geste ferme, il attrapa le poignet d'En Da pour l'obliger à s'asseoir devant lui et lui prit le menton. Ainsi placé, le garçon avait le visage du Comanche tout près du sien. Il s'aperçut alors que Quanah n'avait pas les yeux aussi noirs que ceux d'Eti ou de Chiwat. On voyait dans ses iris une nuance plus claire, comme le brun d'une terre fraîchement remuée, ou celui d'un pelage animal.

Après un silence, sans cesser de fixer En Da et le forçant par la puissance de son regard à ne pas baisser les yeux, Quanah se mit à parler :

— Cette phrase qui t'est venue, garçon blanc, est une phrase de ton enfance. (Il se tut et son visage changea, à peine. On lisait comme de la tendresse sous l'expression dédaigneuse.) Tu ne le sais pas, jeune guerrier apache, mais tu es comme moi.

« Comme moi » ? Les mêmes mots que l'émissaire, avant la bataille contre les Texas Rangers.

— Comme toi ? s'étonna-t-il. Je suis apache, tu es comanche... Nous n'avons rien en commun.

— Si. Tous les deux, nous sommes de deux mondes à la fois.

Eti s'avança et parla à son tour :

— Quanah s'appelle en réalité Quanah Parker. Quanah est son nom comanche. Parker est le nom de sa mère. Elle s'appelait Cynthia Parker et elle était une vraie Visage pâle. Le père de Quanah était un chef comanche. Il a enlevé Cynthia quand elle avait neuf ans. Quand elle est devenue une jeune fille, il l'a épousée, et ils ont eu un fils, Quanah, qui est devenu chef à son tour.

— Je ne suis pas un traître, reprit le Comanche. Je me suis battu toute ma vie contre les Visages pâles, mais je sais qu'il faut poser les armes, ou tous les Indiens disparaîtront. Alors j'ai décidé d'aider mon peuple d'une autre manière, parce que les Visages pâles m'écoutent. Tu comprends qui je suis maintenant ?

Incapable de parler, En Da hocha lentement la tête. Au fil des explications d'Eti, la lumière s'était faite en lui. Il avait cru être seul au monde, condamné à vivre à jamais exilé dans la nature sauvage, et il découvrait qu'il existait sur terre un homme qui lui ressemblait.

Le regard de Quanah restait attaché au sien. Il y avait quelque chose de rassurant dans ce contact, de puissant, de protecteur qu'il n'avait jamais éprouvé auprès de Carnoviste. Un espoir immense l'envahit soudain. Il demanda d'une voix mal assurée :

— Alors... tu es venu m'adopter ?

Quanah leva les sourcils, sans un mot. Puis il détourna les yeux, se redressa, prit le baluchon d'En Da et s'en alla l'accrocher à la selle de Cheval-malade. Il semblait absorbé par la tâche, comme s'il avait oublié qu'on lui avait posé une question. En Da se rendait compte qu'il se donnait le temps de réfléchir – il avait été surpris ; il venait seulement d'entrevoir la possibilité de faire du garçon blanc son fils.

Comme le silence se prolongeait, Eti vint prendre la main de son ami et se serra contre lui. Tous deux attendaient côte à côte, comme des enfants intimidés, la réponse du grand chef indien qui avait pris la peine de traverser la plaine pour les aider.

Enfin, Quanah se retourna.

— Tu pourras, si tu veux, mais d'abord, tu dois rencontrer quelqu'un.

En Da tourna la tête dans tous les sens.

— Quelqu'un ? Ah bon ? Il y a quelqu'un d'autre par ici ?

Quanah Parker resta un instant interdit, puis partit dans un grand éclat de rire, montrant toutes ses dents et même le fond de sa gorge sans égard pour sa dignité de chef comanche. C'était aussi impressionnant que tout l'ensemble de sa personne.

Quand il fut calmé, il s'essuya les yeux en donnant à En Da une grande claque dans le dos.

— Suis-nous. Tu verras bien.

En Da n'était pas encore tout à fait prêt à se laisser faire. Il lança un regard interrogateur à Eti.

— Aies confiance, dit simplement la jeune fille.

Elle attrapa la crinière de Cheval-gris et monta en selle.

7

Quanah, Eti et En Da étaient partis très vite de la plaine aux bouses de bison. Ils avaient cheminé jusqu'au site de l'ancien campement, gagné la rivière, franchi un gué, puis traversé d'autres bois, d'autres rivières... Maintenant, ils entraient dans une région où les terres étaient cultivées. Une piste était tracée, dégagée des cailloux et des herbes folles. De part et d'autre, jusqu'à l'horizon, s'étiraient les sillons bien droits des champs labourés. En Da se sentait mal à l'aise – il ne connaissait pas la région, mais il se doutait que les Apaches n'y étaient pas les bienvenus.

Soudain, En Da aperçut un groupe d'hommes devant eux, à pied – des Visages pâles ! Retrouvant ses réflexes de guerrier, il dégagea calmement son arc de l'épaule, et y glissa une flèche. Quanah posa sa main sur la sienne pour l'empêcher de bander la corde.

— Tu n'as rien à craindre. Ce ne sont pas des ennemis.

— Les Visages pâles ? Pas des ennemis ?

Sans répondre, Quanah poussa son cheval contre celui d'En Da pour le forcer à avancer. Eti ne paraissait pas plus alarmée que lui. Cheval-gris marchait d'un pas tranquille, et elle observait ce paysage qu'elle ne connaissait pas avec curiosité.

Ils approchaient des étrangers. Ce n'était pas des soldats ni des Texas Rangers, plutôt des fermiers à en juger par leurs grosses bottes crottées. Cela ne rassurait pas En Da, qui avait si souvent échappé à leurs coups de fusil !

Aussi, quand il eut dépassé le petit groupe, il soupira de soulagement. Mais aussitôt, il aperçut d'autres Visages pâles. Cette fois, ils étaient plus d'une dizaine, alignés le long de la piste, les regards braqués sur les trois Indiens qui arrivaient. En Da lança un coup d'œil à Quanah. Le chef comanche restait impassible, un léger sourire aux lèvres – on aurait dit que la situation l'amusait, et même qu'il appréciait d'être un objet de curiosité.

« C'est vrai, j'oubliais, pensa En Da. Il les connaît bien, lui, les Visages pâles. »

La piste s'élargissait, tracée maintenant entre des enclos où se serraient des troupeaux de vaches aux longues cornes ; et plus ils avançaient, plus les Visages pâles étaient nombreux. Il y avait des femmes parmi eux, maintenant, enveloppées dans des robes larges comme des wigwams. Et elles murmuraient entre elles au passage des Indiens :

— C'est lui ! Tu le reconnais ?

En Da se tourna vers Quanah avec une expression moqueuse.

— Tu es vraiment célèbre, on dirait.

— Ce n'est pas moi qui suis célèbre, c'est toi.

Quanah avait répondu sans même tourner la tête vers lui. Il ne plaisantait pas. En Da commença à se douter de quelque chose. Il demanda, maintenant franchement inquiet :

— Pourquoi moi ?

— J'ai promis de te ramener. Ils t'attendent.

— Me ramener ? Pourquoi « me ramener » ? s'exclama En Da en arrêtant son cheval. Je ne suis jamais venu par ici !

— Au contraire, c'est d'ici que tu viens.

L'horreur de la situation apparut d'un coup à En Da. Au bord de la panique, il se tourna vers Eti :

— Tu savais ?

La jeune fille était embarrassée. Si le Comanche avait plutôt l'air de s'amuser, elle pas du tout. Elle lança un regard suppliant à son ami.

— Regarde, ils sont si heureux de te retrouver, murmura-t-elle. Ils te croyaient mort, et maintenant, tu leur reviens.

— Non !

En Da avait hurlé de colère, de douleur. Tirant sur la bride de son cheval pour faire demi-tour, il rugit :

— Vous me livrez aux Visages pâles ! Vous m'avez trahi ! Je vous hais !

Et il frappa des talons les flancs de son cheval, qui partit dans un galop furieux, loin d'Eti, loin de Quanah, loin des curieux qui s'écartaient sur son passage en lançant des appels incompréhensibles.

En Da était prêt à fuir jusqu'au bout de l'Amérique, mais Cheval-malade, lui, n'était pas en colère, et il s'essoufflait vite. Ils n'avaient pas encore quitté la région des terres cultivées quand il s'arrêta en renâclant, mouillé de sueur, les jambes tremblantes. En Da eut peur de l'avoir trop fatigué – que ferait-il sans cheval ?

— Je te demande pardon, lui dit-il. J'avais oublié que tu étais mort, il n'y a pas si longtemps.

Il inspecta la piste derrière lui. Elle était vide, mais il devait rapidement trouver un endroit où se cacher, car Quanah et Eti n'abandonneraient pas si facilement, il en était sûr. Il aperçut en contrebas un pré verdoyant planté d'arbres immenses. Il descendit prudemment le talus tout en surveillant les alentours. Déjà, l'écho d'un galop résonnait dans le silence – celui d'un cheval non ferré, seul, rapide, très rapide... Cheval-gris.

— On va éviter de faire la course avec lui, tu es d'accord ?

Cheval-malade était d'accord. Il se laissa conduire par En Da jusque derrière le plus grand des arbres. Aussitôt, ils virent passer au-dessus d'eux Eti lancée à toute vitesse, le buste ployé, les mains effleurant à peine les rênes.

— Tu as vu la championne ? chuchota le garçon à l'oreille de Cheval-malade.

Une championne qui allait trop vite pour prendre le temps d'examiner les bas-côtés. Elle passa sans voir le fugitif pourtant mal caché. Curieusement, En Da en fut presque déçu. Il rumina sa colère :

— Je ne veux plus la voir. Jamais ! « Fais-nous confiance », disait-elle... Comment a-t-elle pu ? Elle savait que je ne voulais pas. Elle m'a piégé.

Cheval-malade n'avait pas de commentaire à faire. D'ailleurs, il avait trouvé une activité plus intéressante. Il venait d'apercevoir sous ses sabots des espèces de fruits durs qu'il cassait sous ses dents.

— Qu'est-ce que tu manges ? demanda En Da, soudain intéressé.

« Croc ! Croc ! »

— C'est bon ?

En Da se baissa, ramassa une coque éclatée et la décortiqua. Un noyau rouge foncé apparut, tout plissé. Ce n'était pas particulièrement appétissant, mais une petite voix intérieure lui soufflait d'y goûter. Croc, croc.

— Pas mauvais. Ferme et tendre à la fois...

Il s'étonna. Il n'avait aucun souvenir d'avoir jamais vu ces fruits-là, et pourtant, leur goût ne lui était pas inconnu. Il faisait monter des images confuses. En Da entrevoyait une Visage pâle avec sa grande robe, des objets de bois contre un mur, de la nourriture qui sentait bon,...

En Da en était là de ses rêveries quand une odeur, celle-là très précise et bien reconnaissable, lui passa sous le nez.

— Ça alors, ça sent le gibier rôti ! Voilà que j'ai des hallucinations.

Il ferma les yeux et respira un grand coup. L'odeur était toujours là. Il huma encore et encore... non, ce n'était pas une hallucination. Il rouvrit les yeux. Une légère fumée flottait autour de l'arbre, venue du bout du pré. Pas de doute. Quelqu'un bivouaquait tout près de là.

En Da laissa Cheval-malade à son repas et traversa le pré.

L'Indien qui avait allumé du feu ne se méfiait pas. Il s'était tranquillement installé sur une fourrure de bison et tournait au-dessus des braises, embroché dans une flèche, un volatile grassouillet. Et pendant ce temps, il fredonnait :

« *Djiguna bija de ya, indí*... Soleil, regarde, mon enfant est brave, on me l'a dit... »

La chanson de Shida Shizé. Il n'y avait qu'une personne au monde qui pouvait la chanter comme ça.

— Chiwat ?

L'Apache tourna la tête.

— En Da ?

— Qu'est-ce que tu fais ?

Chiwat posa délicatement son rôti sur l'herbe.

— Tu vois, je me fais à manger. C'est un oiseau des Visages pâles. Ils appellent ça poulet. Je l'ai attrapé là-bas.

Il montrait une cabane en planche entourée d'un fin grillage derrière lequel on voyait de gros oiseaux ronds et roux.

— Tu veux dire que tu l'as volé, fit remarquer En Da.

— Prise de guerre. Tu en veux un bout ?

La gourmandise fut la plus forte. En Da s'assit en tailleur à côté de Chiwat et prit le gros morceau de volaille qu'il lui tendait en oubliant instantanément toutes les questions qui lui venaient à l'esprit. De toute façon, il n'avait même pas envie de savoir ce que Chiwat faisait au bord de ce ruisseau, si loin de son campement, au milieu des fermes des Visages pâles. Il voulait juste profiter de la chaleur du feu, du jus qui coulait dans sa gorge, de la présence de son ami, de son frère, qu'il croyait avoir perdu pour toujours.

La bouche pleine, il lui tendit la noix qu'il avait gardée au creux de sa main.

— Je ne chais pas ce que ch'est mais ch'est délichieux.

Chiwat prit le fruit et le croqua avidement.

— ... plein d'autres, là-bas,... par terre, précisa En Da en avalant sa dernière bouchée.

— Mmh..., soupira Chiwat. Ça fait des mois que je n'ai pas mangé comme ça !

En Da l'observait du coin de l'œil tout en rongeant l'os de poulet. C'est vrai qu'il avait maigri, Chiwat – l'été dans les Llanos avait été dur, ça se voyait. Mais autre chose avait changé sur le visage de son ami. Il était moins souriant, plus grave. Il avait un visage de chef.

Se sentant surveillé, Chiwat eut une expression embarrassée – « La même expression qu'Eti », se dit En Da. Lentement, les raisons de la présence de l'Apache dans ce pré des Visages pâles s'éclaircissaient dans son esprit.

— Tu me suivais ? demanda-t-il enfin, en s'essuyant la bouche sur sa manche.

— Quoi ? dit Chiwat d'un air ahuri.

— Tu me suivais. Je veux dire, que tu étais derrière Quanah, Eti et moi. C'est cela ?

Certainement, si Chiwat n'avait pas eu la peau aussi brune, il aurait rougi. Il se balançait d'une fesse sur l'autre en grignotant son aile de poulet d'un air absorbé.

— Pourquoi ? continua En Da. Tu voulais être sûr d'être débarrassé de moi ?

Cette fois, Chiwat réagit. Il se raidit et lança d'une voix claire :

— Je voulais être sûr, oui. Je voulais être sûr que tu retrouves ta famille.

— Ma famille, c'est toi, répliqua En Da du même ton. Toi et Eti. Comment peux-tu...

— Tais-toi, En Da ! Tu fais exprès de ne pas comprendre.

Ils étaient maintenant tous les deux en colère. Ils s'affrontaient du regard, les poings serrés, prêts à se sauter dessus, comme aux premiers temps. Ils avaient été si proches l'un de l'autre pendant neuf ans... fallait-il qu'ils se séparent comme ça ?

Chiwat céda le premier. Comme sous le poids d'une charge trop lourde pour lui, il baissa les épaules et arrondit le dos, le menton sur la poitrine.

— Tu ne me rends pas les choses faciles, garçon blanc. Je ne veux pourtant que ton bien.

D'un geste rageur, En Da se mit à gratter l'herbe du talon de son mocassin puis parla sans quitter des yeux l'endroit que son pied labourait.

— Peut-être que tu veux mon bien, Chiwat. Mais tu te trompes. Mon bien est avec vous. Ce serait si facile que nous restions tous les trois ensemble. Je sais que tu as la vie dure avec le shaman ; tu as besoin de mon aide. À trois, nous serons plus forts. Les autres guerriers nous suivront ; je me suis toujours battu à leurs côtés, et...

— Il n'y a pas que le shaman. Il y a tout le reste.

— Quel reste ?

— Nous allons devoir cesser le combat, En Da. (Il montra les quelques os qui restaient de leur repas.) C'est le dernier poulet que je vole aux Visages pâles. La guerre est finie. Nous l'avons perdue. Dès que tu seras rentré dans ta famille, je vais suivre Quanah dans la ville du grand chef blanc et négocier la paix pour les Apaches.

— Tu te rends ?

Chiwat hocha la tête sans un mot. En Da resta un moment interdit, puis s'exclama d'un air de triomphe.

— Alors justement ! Tu auras besoin de moi ! Je vais t'aider à parlementer.

— Non.

— Pourquoi non ?

— Ah ! En Da, tu as la tête dure comme... comme...

— Comme une *pioche.*

— Une *pioche* ?

En Da fit un demi-sourire.

— Ne me demande pas ce que c'est, mais j'ai la tête aussi dure que ça, tu as raison. Je ne comprends pas pourquoi tu me rejettes, après toutes ces années.

— Je ne te rejette pas, En Da. Nous t'avons enlevé à ta famille. Tu étais un petit garçon, et nous t'avons fait du mal. Si nous avions pu passer encore toute notre vie à chasser et à voler des chevaux, j'aurais été fier d'être ton grand frère, d'avoir fait de toi un vrai Indien. Mais nous sommes des vaincus ; on va nous entasser dans des réserves et nous distribuer des rations tous les jours comme à des bébés. Je ne veux pas de cette vie pour toi. Je veux que tu sois libre, tu comprends ?

En Da commençait à comprendre. Il avait pensé que son ami avait cessé de l'aimer, mais c'était le contraire. Chiwat vit qu'il était ébranlé. Il poussa son avantage.

— Et puis, si tu veux vraiment nous aider, tu pourras le faire beaucoup mieux dans ta famille que dans la réserve où nous serons enfermés. Nous aurons besoin de quelqu'un qui nous connaisse, et qui connaisse le monde des Visages pâles. Il n'y a que toi.

— Vraiment ? Que moi ?

En Da était songeur, à présent. Il entrevoyait une nouvelle vie, un peu floue mais séduisante.

Il ne serait pas abandonné, il aurait une mission...
pourquoi pas ?

— Je veux bien essayer, dit-il d'une voix hési-
tante, mais accompagne-moi. Si tu es avec moi,
j'aurai plus de courage.

— Non.

Cette fois, En Da n'insista pas. Il se doutait que
ce n'était pas une bonne idée : quelle serait la
réaction des Visages pâles massés sur le bord de
la piste s'ils voyaient apparaître cet authentique
guerrier apache, chef de la dernière bande à se
battre encore, la plus farouche, la plus dange-
reuse ?

— Va retrouver Quanah, dit doucement
Chiwat. Il est le meilleur guide que tu puisses
trouver.

— Et Eti ? Elle est partie au triple galop je ne
sais où.

— Pas bien loin. Regarde, la voilà.

En Da se retourna. Le cheval gris était en train
de descendre le talus, mené par la jeune fille,
aussi essoufflée que sa monture.

— C'est malin de me faire courir comme ça.

— Une fille apache qui ne sait pas suivre une
piste, ironisa En Da, ce n'est pas brillant !

— La preuve que si, puisque je te retrouve.

En Da n'avait pas envie d'argumenter. Ce n'était plus le moment. Il se contenta de dévisager la jeune fille.

— Je suis désolée, murmura Eti en détournant les yeux, j'aurais dû te dire où nous allions.

— Oui, tu aurais dû. Mais je ne t'en veux plus. Si tu l'avais fait, je n'aurais pas revu Chiwat. J'aurais pensé qu'il m'avait oublié.

— Ne pense jamais que nous t'avons oublié, garçon blanc.

— Tu restes notre frère pour toujours, ajouta Chiwat.

En Da eut un sourire amusé.

— Vous vous rendez compte ? Il y a trois jours, j'étais seul au monde. Maintenant, j'ai de la famille partout, et même une foule qui m'attend, c'est trop !

Sans attendre de réponse, il s'éloigna. Tout était dit. Il fallait partir.

Il traversa le pré jusqu'à rejoindre Cheval-malade, au pied de son arbre.

— Celui-là, je le garde, commenta-t-il en passant les rênes sur l'encolure. En souvenir de toi, Eti.

La jeune fille se taisait. Chiwat et elle regardaient en silence le garçon blanc monter en selle, puis grimper lentement le talus. Arrivé sur la piste, En Da se retourna une dernière fois. Les deux Apaches restaient immobiles devant le feu qui s'éteignait. Eti était plus jolie que jamais, les joues rosies par la course, son visage aux yeux vifs encadré de longs cheveux fous. Elle s'était rapprochée de Chiwat et s'appuyait maintenant contre lui. En Da en eut un pincement au cœur ; il renonçait à tant de choses qu'il avait aimées, pendant ces neuf années. En même temps, une sorte de joie étrange l'envahissait. Son ami avait raison : pour la première fois de sa vie, il se sentait libre.

— Eh Chiwat, lança-t-il, je te confie mon ex-fiancée. Rends-la heureuse !

C'en fut trop pour la jeune fille. Elle éclata en sanglots et enfouit son visage contre l'épaule de Chiwat. Un instant surpris – un instant seulement – le jeune guerrier passa doucement un bras autour d'elle. L'émotion de Chiwat était si visible qu'En Da ne put s'empêcher d'éclater de rire.

— Rien que pour voir ça, je ne regrette pas de partir ! s'exclama-t-il.

Il échangea avec son ami un dernier regard de complicité, puis serra doucement les jambes. Cheval-malade s'élança au petit trot sur la piste en direction de la terre des Visages pâles.

8

Quanah attendait En Da au coin du premier champ labouré. Il ne fit pas de commentaire. Il semblait n'avoir jamais douté que le garçon blanc reviendrait. Ensemble, ils longèrent à nouveau la piste qui traversait les terres cultivées, les enclos et les troupeaux de vaches. Les Visages pâles étaient toujours là, massés sur son passage, de plus en plus nombreux : des fermiers en bottes crottées, des femmes en robes longues et en bonnet de coton, des enfants aux cheveux blonds. Tous, ils le regardaient, lui, l'Indien à la peau brûlée par le soleil et le froid, en vêtements de cuir salis par des nuits et des nuits de bivouacs, les cheveux emmêlés et l'arc dans le dos.

— C'est vraiment lui ? demanda un petit garçon ébahi.

— Oui, c'est lui ! répondit un adulte, à côté de lui. Herman Lehman enlevé par les Apaches. Il a changé mais je le reconnais.

— On ne peut pas se tromper ; il ressemble tellement à Willie !

— Ce type ? ricana un autre homme, tu veux rire ! C'est un sauvage !

— Mais si, c'est lui, dit une vieille femme en bonnet noir, regarde sa main. Tu vois la cicatrice ? C'est là où mon chien l'a mordu quand il était petit, je me souviens. Eh ! Herman ! Tu te souviens de moi ?

En Da ne répondait pas. Il comprenait les mots, mais il ne savait pas qui était ce Herman dont tout le monde parlait. Il ne savait pas qui était Willie non plus, et il avait tellement de cicatrices sur le corps qu'il n'avait jamais eu l'occasion de remarquer celle-là, sur sa main, en forme de croissant.

En fait, plus il avançait, plus il se sentait stupide. Que faisait-il là ? L'homme avait raison : il était un sauvage ; il avait été éduqué pour galoper dans la plaine, pour chasser, pour se battre, pour... plus il avançait, plus il brûlait de faire demi-tour au galop. Mais Quanah restait derrière lui, barrant la route.

Finalement, ils arrivèrent devant un mur bas de pierres sèches, qui fermait un grand champ labouré où picoraient des corbeaux. C'était ce mur que le cheval de Carnoviste avait sauté avec un petit garçon de onze ans en travers de la selle, neuf ans plus tôt, mais En Da n'en avait aucun souvenir. Il était un homme maintenant, et franchissait le portail, le regard attiré par ce qu'il voyait au-delà.

Trois personnes... Il y avait trois personnes devant lui, debout sur le porche d'une petite maison de bois. Une femme, un jeune homme, une jeune fille. En Da était comme hypnotisé ; Quanah dut lui secouer l'épaule pour qu'il revienne à lui.

À contrecœur, En Da descendit de cheval et suivit le Comanche qui le tirait par la manche. Il lui semblait que le temps s'était comme ralenti, chaque instant qui passait était interminable.

La femme, enfin, descendit les marches du porche. Comme elle approchait, En Da vit qu'elle avait les yeux pleins de larmes. Elle tendait la main vers lui, mais n'osait pas le toucher.

— Herman, mon petit..., murmura-t-elle.

Elle paraissait tellement troublée. Elle insista :

— Herman, mon petit... (elle se tut un instant, puis ajouta dans un murmure :) je suis ta mère.

En Da secoua la tête. Il comprenait la langue que parlait cette femme, mais pas ce qu'elle voulait ; il ne désirait pas le comprendre. Il croisa les bras et répondit en langue apache :

— Ma mère s'appelle Shida Shizé.

La femme cacha son visage dans les mains. En Da avait pitié d'elle, mais il n'y pouvait rien.

Les deux jeunes gens qui étaient restés sur le porche s'approchèrent à leur tour. Tandis que le garçon passait ses bras autour de la femme en pleurs, la fille leva la tête vers En Da. Elle avait des cheveux blonds. Ses yeux étaient grands, bleus comme le ciel.

— Pourquoi... ? commença-t-elle.

Voyant qu'En Da fronçait les sourcils, le visage plus fermé que jamais, elle s'interrompit, puis pinça les lèvres. Elle semblait en colère, à présent. D'un ton furieux, elle s'exclama :

— Tu n'as pas changé, Herman ! Tu es toujours une tête de pioche !

Ce fut alors que le voile noir se déchira. Comme si la paroi d'un wigwam s'écroulait brusquement ; une grande lumière se faisait dans la tête d'En Da. Il voyait tout : le champ plein de corbeaux, la maison, sa mère sur le porche armée d'un fusil, et sa sœur, son regard bleu plein d'effroi.

— Mina..., murmura-t-il.

La jeune fille eut un grand sourire. La femme baissa les mains, et se mit à rire à travers ses larmes.

— Herman !

— Maman... je... tu...

En Da bredouillait, cherchait ses mots, mais les souvenirs revenaient en foule, maintenant, de plus en plus nets : le banc où il était assis, le cahier où il écrivait ses lignes, la cuisinière à bois, la bonne odeur du gâteau...

— Maman, répéta-t-il, tu... le...

— Oui ? Mon petit, dis-moi...

— Le... gâteau aux noix de pécan, je... tu... tu m'en as gardé un morceau ?

*

Herman retrouva sa famille en mai 1879. Contrairement à ce qu'il croyait, Mme Lehman n'avait jamais renoncé à le retrouver et avait multiplié les recherches, en vain.

Après neuf années passées chez les Indiens, Herman eut beaucoup de mal à s'habituer à sa nouvelle vie – qui était aussi sa vie « d'avant ». Il continua longtemps à se sentir un Indien. Il parlait apache ou comanche, refusait de dormir dans un lit, de manger de la viande cuite, et ne supportait pas d'être enfermé dans une maison. Mais finalement, grâce à la patience de sa mère, de son frère et de ses sœurs, il redevint un Visage pâle presque comme les autres.

Il vécut très vieux, et, toute sa vie, il resta fidèle à ses amis indiens, qu'il revenait voir dans les réserves où on les avait placés. Il a raconté lui-même ses souvenirs.

Ce qui est vrai dans l'histoire de *L'Apache aux yeux bleus*.

Tous les épisodes racontés dans ce livre sont exacts : les détails de l'enlèvement, le premier bivouac avec Carnoviste et l'épisode du « nourrissage » forcé, le rôle joué par Shida Shizé, les épreuves infligées à Herman quand il était un esclave, l'apprentissage pour devenir apache, l'hostilité du shaman, son nom indien, son adoption, l'amitié avec Chiwat, le vol du cheval noir, la bataille avec les Texas Rangers, la fuite du clan dans le désert sans eau et la fausse piste, le rôle de Quanah Parker, grand chef comanche et fils d'une captive, la façon dont Herman a reconnu sa famille, qu'il avait oubliée pendant le temps de son séjour chez les Indiens.

Le personnage d'Eti est réel également. Herman dit qu'il l'aimait beaucoup, et qu'elle lui a offert son cheval gris pour faciliter son départ du clan, mais il ne donne pas sur elle d'autres détails. C'est le seul point sur lequel j'ai imaginé des épisodes, en utilisant d'autres histoires, réelles également, de filles apaches.

Pour la fin de l'histoire, celle d'En Da après la mort de Carnoviste, il existe deux versions : l'une racontée par Chiwat à ses enfants, qui l'ont transmise à des journalistes qui les interrogeaient, et l'autre racontée par Herman dans son livre de Mémoires. Comme elles sont différentes, j'ai mélangé les deux.

NORD COMPO
m u l t i m é d i a

Composition et mise en pages
Nord Compo à Villeneuve-d'Ascq

Dépôt légal : janvier 2015
N° d'édition : L.01EJEN000943.C003
Loi n° 49-956 du 16 juillet 1949
sur les publications destinées à la jeunesse

CET OUVRAGE
A ÉTÉ ACHEVÉ D'IMPRIMER
SUR CAMERON
PAR L'IMPRIMERIE NIIAG
À BERGAME (ITALIE)
EN JANVIER 2016